<u>Die Maske</u>

verfasst von

Sebastian Nordmann

»Weiß nicht, ob ich fliege oder falle
– doch ich springe«

»Asche kann nicht verbrennen«

HOTEL

Ich blicke in den Spiegel. Und sehe nichts. Ich sehe mich. Einen Verlierer, der gewonnen hat. In meiner pechschwarzen Haut spiegelt sich Grausames, doch ich sehe es schon lange nicht mehr. Ich sehe nur mich. Und sehe nichts. Nichts Gutes. Nichts Schlechtes. Nichts. Ich bin leer.

Hinter mir Körper. Tote Körper. Ein Mann mit durchlöcherten Kopf. Ein Mädchen mit aufgequollenen Augen. Ein Mann und ein Junge mit verätzten Gesichtern. Eine junge Frau, ohne Gesicht. Und dann liegt da noch diese wunderschöne Frau. Auch tot. Die ganze Stadt ist voller toter, blutender und ungerechter Leichen, doch das ist nicht meine Schuld. Sie sind mehr wert als ich. Mama? Papa? Bruder? Schwester? Ich kann euch nicht hören.

In wenigen Sekunden ist das ganze Zimmer mit meinem Blut überströmt, die Tapeten mit meinem Blut tapeziert, der Teppich von meinem Blut vollgesogen, die Stadt von meinem Blut gezeichnet – das ist die logische Konsequenz. Es gibt keinen Sinn mehr zu leben. Es ist getan. Es ist Schluss. Ich hoffe für immer. Gott?

I

PARIS, 2027

1

Es war einer dieser bittergrauen, dunklen Wintertage. Der Dreck bedeckte den grausamen, voll Hass geprägten Asphalt, versiegelt durch eiskalten und puderigen Schnee. Paris war noch nie so düster wie an diesem Tag, doch in den nächsten Tagen und Wochen sollte diese Stadt noch düsterer werden. Nie wieder wird Paris bei Nacht so schön sein, wie man sagt. Vielmehr sollte die Nacht eine Zeit werden, in denen Schwarze, so wie ich es bin, auf der Straße nichts zu suchen haben – aus Angst … Angst umgebracht zu werden. Es war noch nicht offiziell, doch jeder wusste, dass sich ab morgen alles, wirklich alles verändern wird. Und auch ich hatte diese unheimliche Angst, dass mein Leben nichts mehr wert sein wird, dass dieser sowieso schon herrschende Rassismus Überhand nimmt, sich von Woche zu Woche, von Tag zu Tag und mit jeder einzelnen Stunde weiter ausbreitet und verstärkt, bis Zustände wie vor Jahrhunderten und teilweise noch Jahrzehnten vorzufinden sind. Ich will Paris nicht verlassen müssen, ich will auch nicht zurück nach Afrika und schon gar nicht will ich befürchten müssen irgendwo im Dixieland von einem

Sklavenhalter zum nächsten Sklavenhalter verkauft zu werden und den ganzen Tag Schwerstarbeit zu verrichten, dabei angebrüllt, ausgelacht oder ausgepeitscht zu werden, dafür ist die Welt zu erfahren, zu weit entwickelt, aber anscheinend kann Angst und Hass bestehende soziale Verhältnisse – Menschlichkeit – außer Kraft setzen.

Und genau das ist der Grund, warum ich durch die schmalen französischen Gassen ging. Dieser Tag war die letzte Chance etwas gegen den rotierenden Motor des zerschmetternden Systems zu unternehmen. Schon den nächsten Tag konnte meine Stimme nichts mehr wert sein, mein ganzes Leben nichts mehr wert sein. Ich setzte das Kreuz an der richtigen Stelle, unterschrieb mit meinem Namen »Idrissa Azikiwe« und verließ das Wahllokal. Drinnen war es warm, Hoffnung strömte durch meinen Körper und brachte mein togolesisches Blut auf eine angstfreie, in die Zukunft blickende, Temperatur. Sobald ich mich aus der Tür bewegte und meine Füße in das knackende Weiß setzte, fand ich mich in der kalten, die Bluttemperatur senkenden Realität wieder. Ab jetzt war es das Schicksal, was über meine Rasse entscheiden sollte. War Gott dazu bereit? Wenn ja, warum? Ich vertraute trotz alledem auf den Allmächtigen. Das war das einzige, was mir Kraft in jenen Tagen spendete.

Es war meine erste Wahl, doch es war nicht kompliziert, denn ich musste mich nicht mit den

Parteiprogrammen und den Kandidaten beschäftigen. Es war einfach. Ich musste nur das Kreuz bei »Manon Dupont« setzen und ich beförderte mich, meine afrikanisch-togolesische Familie, meine Freunde und Bekannten, meine ausländischen Mitmenschen – Brüder und Schwestern – und meine gesamten Nachfahren in den Abgrund, in die Hände von hasserfüllten weißen Menschen. Was sie mit der Macht und somit mit uns machen würden, wer konnte das schon mit Sicherheit sagen? Nachdem sie ihr aufgesetztes Parteiprogramm abgearbeitet haben und der Geschmack von Erniedrigung, Rachsucht, Folter – egal in welchem Sinne – gefällt, sind sie zu allem fähig. Das innere Monster, welches nichts als Genugtuung und Gerechtigkeit will, wird gefüttert mit Hass und Wut, portioniert offeriert in kleinen einzelnen Schandtaten und täglicher, routinierter Schikane. Vielleicht schickten sie uns zurück in die Heimat, vielleicht in die moderne Sklaverei, vielleicht aber auch in etwas, das wir bis dato nicht kannten und noch schlimmer sein würde. Etwas, das mindestens genauso unverzeihlich gewesen wäre ist, dass ich meine afrikanischen Vorfahren verraten hätte; die ganzen schwarzen Menschenrechtler, die bis zu ihrem Tod für das Ende dieser menschenverachtenden Sklaverei, die Gleichberechtigung und alle Privilegien, die wir niederen afrikanischen, schwarzen Menschen besitzen, gekämpft haben – wobei ich mir bis heute nicht erklären kann, was diesen weißen, gierigen Menschen das Recht gibt, sich über uns zu stellen. Ich würde mir metaphorisch mit Martin Luther King seiner Rede den Hintern abwischen oder Nelson Mandelas und Mahatma Gandhis Köpfe zusammenstoßen, bis sie wie eine Keramikvase Risse kriegen, langsam aufplatzen, in tausend Stücke zerspringen und die Scherben sich in nichts bedeutenden Staub auflösen, also war die logische Konsequenz, dass das Kreuz auf der anderen Seite landet.

Der Schnee lag wie eine Schutzschicht über Paris, als wollte er etwas verdecken, als wollte er etwas verbergen. Er hat, wie gesagt, alle Emotionen, die bis zum heutigen Tag entstanden, in den Köpfen der Menschen – egal ob Schwarz, ob Weiß – versiegelt und für wenige Stunden zurückgestaut – egal ob Hass, Euphorie, Verachtung, Hoffnung, Wut –, nur damit sie in der Nacht konserviert und bereit zum Aufstrich sind – zum Explodieren, zum Exerzieren. Doch auch an jenem Abend, an dem die meisten Menschen zu Hause waren, die das Haus nur verließen, um schnell zum Wahllokal zu gehen, ihre Stimme für Humanität oder gegen Humanität zu setzen und danach sofort vor ihren Fernseher zu revinieren, damit sie der mächtigen Populistin Manon Dupont lauschen können, die weiter eine schreckliche Aversion dem französischen Volk gegenüber den grässlichen, ach so schlimmen Ausländern indoktriniert.

Für mich galt es jetzt nur noch nach Hause zu gehen

und mit meiner Familie das Wahlergebnis abzuwarten. Das Wahllokal war in der Mitte des 5. Arrondissements – Panthéon. Ich hatte es nicht weit, vielleicht zehn Minuten zu Fuß. Auf dem Weg schaute ich in den Sternenhimmel und versuchte den ganzen Frust und Rassismus für wenige schöne Sekunden zu vergessen, als ich an der kleinen Kreuzung zweier Gassen, die von einer nostalgischen rotschimmernden Laterne ausgeleuchtet wurde, Stimmen hörte. Zwei weiße Franzosen Ende der Zwanziger unterhielten sich lautstark. Neben ihnen standen mehrere leere Flaschen Bier, in den Händen haltend ließen sich weitere zwei entdecken. »Mist«, dachte ich, »das wird nicht gut enden!« - Bei der aufgeheizten Stimmung, und ich als Schwarzer, abends vor der großen bevorstehenden Wende, laufe diesen Hitzköpfen noch über den Weg. Ich wollte einfach nur nach Hause. Zu meiner Familie. Zu Mama.

»Hey«, stupste der eine Weiße den anderen ungläubig in die Rippen, »schau dir mal an, was wir da haben, mon ami!« - »Das gibt's doch nicht! Dass ich das heute Abend noch erlebe! Ein Nigger!«, fiel der andere in hämisches Lachen. »Hey, Nigger! Schwing deinen Arsch hier rüber!« - Verdammt ich wollte doch einfach nur nach Hause. Ich hatte Angst, also ging ich weiter, den Kopf auf die Straße gesenkt, als ob ich ihn nicht hörte. »Ey, Nigger! Ich rede mit dir!«, rief er erneut, »hat man dir nicht beigebracht zu antworten?« – Ich verließ die beleuchtete Kreuzung und ging weiter in eine noch kleinere Gasse, als ich hörte wie sie wütend herum brüllten, ihre Bierflaschen gegen die Backsteinwand warfen und mir hinterher liefen. »Idrissa«, sagte ich mir, »du hast zwei Möglichkeiten. Entweder du läufst, läufst weg vor deinen Gegnern, vor deiner Zukunft, vor dir selbst oder du bleibst stehen und kassierst Prügel« - Noch bevor ich den Gedanken zu Ende führen konnte, stoß mich einer der beiden. Ich kam auf dem glatten Kopfsteinpflaster ins Rutschen und landete schließlich auf dem Boden, dem Boden der Tatsachen. Ich konnte mir nicht einmal vor Schmerz an den Rücken fassen, schon hielt der eine meine Hände über den Kopf zusammen, während der andere mir ein Messer an die Kehle drückte und mit seiner anderen Hand in mein Gesicht griff, sodass ich meinen Mund nicht bewegen konnte. »Wieso antwortest du nicht, Nigger? Denkst du, du bist etwas besseres?«, fragte er rhetorisch und spuckte mir ins Gesicht. »Du Stück Scheiße! Du bist Abschaum! Eine Schande für Frankreich! Sag mir einen Grund, warum ich dich nicht hier und jetzt aufschlitzen soll?« - In diesem Moment dachte ich an Mama. Was, wenn sie ihren kleinen Jungen, aufgeschlitzt wie ein Schwein, in dieser Gasse vorfinden würde? Ihre Welt würde zusammenbrechen und ihre Tränen das Blut aus dem Schnee auswaschen. Dann dachte ich an Gott. Ich flehte ihn innerlich an. Mach doch etwas gegen diese Ungerechtigkeit!

»Antworte mir!«, schrie er. »Tu es nicht! Bitte!«, bat ich ihn ruhig, sodass er meine Angst nicht spürte. Ich wollte stark wirken, doch das war ich nicht - das war ich noch nie gewesen. »Ach guck mal an, der Nigger kann also doch reden!«, sagte er und verpasste mir dann eine volle Breitseite auf mein linkes Auge, welches sofort aufplatzte und anschwoll. Blut lief meine Wange herunter. »Du bist erbärmlich!« - Er hielt mir sein Messer direkt unter die Nase und presste es fest, ohne dass es schneidet, in mein Nasenloch. »Ich sollte dich von deinem Leiden erlösen und einfach hier ausbluten lassen!« - Er drückte fester, die Klinge schnitt nun in meine Haut, als sein Freund, der meine Hände festhielt ihn beruhigte. »Ami! Bist du bescheuert? Bring ihn nicht um! Ab morgen wird sein Leben nichts mehr wert sein! Lass ihn noch diesen einen Abend« - Der Typ mit dem Messer schaute mich verachtend an, dachte einen Moment nach, zog den Rotz in seiner Nase hoch und wischte seine Hand, mit der er mich berührte an meiner Jacke ab, als hätte er gerade Schmutz berührt. »Steh auf, Nigger!«, befahl er, während er weiter das Messer vor mir hielt. »Du kannst froh sein, dass dieser Samariter hier«, er zeigte auf seinen Freund, »heute auf eurer Seite ist! Bedanke dich bei ihm!« - Ich schaute stumm auf den Boden. Der sogenannte Samariter schlug mir auf den Hinterkopf und fragte, ob ich schwerhörig sei, ich solle mich bei ihm bedanken. »Danke, Monsieur!«, sagte ich leise, ohne jegliche Emotionen, ohne dass die tiefe Wut auf diese abscheulichen Menschenhasser bemerkbar wurde. Ich wollte gehen, also drehte ich mich mit gesenkten Kopf und ging einen Schritt, als einer der beiden mich an der Schulter festhielt. »Oh! Wo willst du denn hin?«, fragte er. »Ich dachte, ich dürfte jetzt gehen« - Er wand sich zu seinem Freund: »Ami!«, lachte er, »er dachte, er dürfte gehen!« - »Du kannst gehen, Nigger, aber nicht mit dieser wunderschönen Jacke. Ausziehen!« - Die Jacke war ein Geschenk von Opa zu meinem 18. Geburtstag. Es war ein brauner Mantel aus Lammleder mit stehenden Kragen und weißem Lammfell. Die Jacke muss ungeheuer teuer gewesen sein. Viel schlimmer aber ist, dass er wenige Wochen danach verstarb und diese Jacke, bis auf ein paar Fotos, die einzige wirkliche Erinnerung an ihn ist – doch die Situation war aussichtslos. Was blieb mir übrig? Hätte ich kämpfen sollen? Gegen zwei Typen mit Messer? Sollte ich mein Leben riskieren? Wegen einer Jacke? Nicht nur die Jacke, sondern auch mein Stolz wurde in jenem Moment genommen, doch ich hatte keine Chance. Schließlich gab ich ihm meine Jacke. »Sei froh, dass ich dir deine Stiefel nicht auch noch wegnehme! Pass auf wo du im Dunkeln lang gehst! Das nächste Mal habe ich nicht so gute Laune! Und jetzt lauf Nigger, lauf!«

In der Jacke war es so warm, dass ich meist nur ein Shirt darunter trug, also lief ich jetzt durch die Eiseskälte, gedemütigt und traurig in einem weißen Shirt, die Arme schlingend um meinen Oberkörper, damit mir nur ein bisschen warm wurde. Diese verdammten Schweine ließen mich halb erfrieren. Zum

Glück war es nicht mehr weit. Ich lief nun vorausschauend durch die Gassen und erblickte immer wieder an den gepflasterten Wänden die Wahlplakate dieser schrecklichen und wunderhübschen Manon Dupont. Wie konnte eine so schöne Frau so abscheulich sein? Überall unter ihrem Gesicht stand der Wahlslogan: »Vive la France vraie«, darunter: »C'est le moment, qu'on change« - Sie hat auf jeden Fall ihren Teil dazu beigetragen, dass der Hass noch stärker grassierte, als vorher. Doch dazu später mehr.

2

Total durchfrostet stand ich nun vor unserer Wohnung. Die Gasse, in der sie sich befand, lag in einem ruhigen Gebiet, etwa vier Blocks von der Hauptstraße entfernt. Autos fuhren hier kaum durch. Die Gasse war so schmal und eng, dass man sich hätte gefangen fühlen können, zwischen den hohen, alten, gepflasterten Häusern, doch das tat ich nicht. Vereinzelt standen ein paar Autos auf dem Bürgersteig, die von den warmen Laternen angeleuchtet wurden. Als Kind fühlte ich mich hier immer sicher, irgendwie abgeschottet von der Außenwelt. Es konnte dich keiner sehen, niemand fuhr unwillkürlich durch und es war immer still, bis auf die spielenden Kinder auf dem Kopfsteinpflaster. Wir spielten Fußball, Fangen, Verstecken – es war so friedlich, eine versteckte Welt für sich. Unter unserer

Wohnung war ein Kiosk, der alles anbot, was man brauchte. Man musste die Gasse quasi nie verlassen. Eine Art goldener Käfig, nur dass die Tür nicht verschlossen war.

Ich öffnete das riesige hölzerne Tor zum Innenhof. Von dort ging es zur Haustür. Im Innenhof stand unser Auto, die Fahrräder und im Sommer hing Mama die Wäsche auf. Die Botanik machte ihn in warmen Jahreszeit so harmonisch, dass ich mich oft mit einem Buch auf die Motorhaube unseres Autos legte und stundenlang in dieser tollen Atmosphäre las. Das Haus war sechs Stockwerke hoch und es wohnten nur drei Familien darin. Eine Wohnung ging über zwei Etagen, eine Maisonette. Unsere Wohnung war ganz oben, im fünften und sechsten Stockwerk. Ich öffnete die Haustür des urigen Hauses. Es muss schon über 500 Jahre hier stehen, so alt war es. Jedes Mal wenn ich die Tür öffnete, strömte dieser nostalgische Geruch in meine Nase und trieb meine Phantasie an: Wie damals dünne, fleißige Franzosen mit einem Schnurrbart Stein auf Stein setzten und dieses Haus in die Höhe zogen, wie sie die Bretter schliffen und zusammen nagelten und die Treppe erschaffen haben, wie sie in ihrer Mittagspause im Innenhof Baguette aßen und Espresso schlürften – an jenem Fleck, wo auch ich immer lag. Diese positive Energie muss von den hohen Mauern eingefangen worden sein, wie gutmütige Geister herumspuken und die Seelen der Menschen, die hier leben, mit dieser Energie attribuieren, denn auch unsere

Nachbarn waren nette Menschen, die nicht dem Hass verfallen sind, wie der Rest der Stadt.

Mit dem nostalgischen Duft in der Nase lief ich nun hoch zu unserer Wohnung. Es war, geschuldet durch das tiefbraune, fast schon schwärzliche Holz, der schwachen Glühbirnen und des Fehlen von Fenstern, immer sehr dunkel im Treppenhaus, aber nicht auf eine gruselige Art, sondern auf eine gemütliche Weise. Es konnte dunkel sein, denn ich fühlte mich hier so sicher, dass die minimale Beleuchtung, um zu sehen wo man hintritt, völlig ausreichte. Oben angekommen öffnete ich die Wohnungstür. Man passierte einen langen Flur und gelang dann in ein kleines Foyer, von dort aus in das Badezimmer, ebenso in das Zimmer meiner kleinen Schwester Keisha und meines kleinen Bruders Aamun, die es sich teilten. Das letzte Zimmer im Untergeschoss unserer Maisonette war groß. Hier schliefen Madame Tonya & Monsieur Zinédine Azikiwe – meine über alles geliebten Eltern – und passten tagtäglich auf ihre Kinder auf und sorgten natürlich auch dafür, dass niemand unerlaubt das Haus verlässt oder betritt – besonders in diesen Zeiten. Nicht ohne Grund haben sie ihr Zimmer von oben nach unten verlegt. Ich musste mein großes Zimmer also tauschen und wohnte dafür im Obergeschoss. Die Wendeltreppe befand sich in der Ecke des Foyers. Oben waren Wohnzimmer und Küche zusammengelegt – ein riesiger Raum mit hohen Decken. Holzbalken durchströmten das Zimmer und machten es noch gemütlicher. Die Seite zur Straße hin wurde, als ich klein war, modernisiert und bestand aus einer langen durchgehenden Fensterfront, von der aus man auf den ebenso langen und großflächigen Balkon gelangte. Von dort konnte man auf die winzige Gasse schauen und sah die Seine, die Sainte-Chapelle, die Notre-Dame und auch den Eiffelturm – was war das für ein Ambiente, wenn die Nacht ruhig war und die funkelnden Lichter das Gemüt beruhigten, als sei man abgekapselt von der Welt und gleichzeitig mittendrin – unantastbar. Weiter war oben noch eine kleine Toilette und schließlich mein Zimmer. Es war nicht besonders groß, aber von meinem Bett aus konnte ich durch das große Fenster direkt in den liebevoll beleuchteten Himmel Paris' schauen und wenn ich an meinem Schreibtisch saß, konnte ich über die Sphäre der Stadt blicken und fühlte mich frei.

Was sollte ich nun meinen Eltern erzählen? Meine Jacke war weg, mein Auge aufgeplatzt und mein Gesicht blutverschmiert. Ich lief ins Bad und wusch das Blut aus meinen Poren. Während ich die Augen zu und die Hände vor den Augen hatte, um das Leid und die Ungerechtigkeit abzuwaschen, dachte ich wieder über mich und mein Leben nach. Wie können sich Menschen herausnehmen, sich über andere zu stellen? Wie kann jemand bestimmen, dass dieser Mensch weniger wert ist als jener, der nicht weiß ist. Ich griff das Handtuch und trocknete meine Wunden, blickte in den Spiegel und sagte mir, dass ich nicht mehr der sein will, auf den man herumtrampeln darf. Ich muss zurück zu den Stolz der afrikanischen Bevölkerung zurückgelangen – niemand hat das Recht mich so zu behandeln, das hat mir Papa und vor allem Mama immer und immer wieder eingetrichtert. Das nächste Mal werde ich kämpfen, und jetzt werde ich nicht hoch zu meinen Eltern gehen und mich beklagen, nein, ich werde hochgehen, mit stolzer Brust und diese Niederlage akzeptieren, wie ein Mann – ich war schließlich mittlerweile ein Mann, wenngleich ein noch junger. Doch schon als ich die Treppe hochkam, rief Papa sorgenvoll meinen Namen. »Idrissa!« - Mama schmiss ihr Strickzeug in die Ecke und lief zu mir. »Bubu! Wo warst du? Was ist passiert? Was ist mit deinem Auge?« - Sie kniete sich vor mir hin und griff an mein Kinn, um mein Gesicht zu begutachten. »Wer hat dir das angetan, mein Schatz?« - Papa stand ungläubig daneben. Mir ist schon viel Fremdenfeindlichkeit widerfahren, aber so entstellt bin ich schon lange nicht nach Hause gekommen. »Mama«, versuchte ich zu erklären, doch sie grätschte sanft dazwischen. »Sei ruhig, Bubu, sag nichts« - Ich wollte ihr erzählen, was passiert ist, doch bevor ich überhaupt die Chance hatte meine Lippen zu bewegen, hat sie mich umarmt, umschlungen, wie ein kleines hilfloses Kind. Für sie werde ich wahrscheinlich nie ein erwachsener Mann, sondern immer ihr kleines Baby sein, welches sie ihr Leben lang beschützen will. »Bubu, warum bist du denn eiskalt? Wo ist deine

Jacke?«, fragte sie. »Zinédine! Hol für Idrissa eine Decke!« - Papa holte eine Decke, wickelte mich darin ein und legte mich anschließend aufs Sofa. Beide haben sich vor mir hingekniet. »Bubu, wir haben uns solche Sorgen gemacht!« - »Mama, ich ... « - »Psshht«, beruhigte sie mich streichelnd über die Stirn. »Das waren bestimmt diese Dupont-Anhänger!«, fluchte mein Vater. »Sei ruhig, Zinédine! Das ist jetzt nicht wichtig!«, sagte sie und fuhr fort, dass er mir einen Tee aufkochen solle. Ich lag auf dem Sofa und sah in Mamas trauriges, wütendes und fröhliches Gesicht – fröhlich, dass ich es nach Hause geschafft habe. Papa reichte mir den Tee. »Wenn diese ganzen Kakerlaken nur wüssten, Idrissa. Wenn sie nur wüssten, was wir für Menschen sind. Die denken wir Schwarzen sind alle gleich; denken, wir gehören zu dem einen Prozent, welches solch eine Schande über unseren Kontinent bringt ... wenn sie nur wüssten, dass schon unsere Eltern in Frankreich lebten, dass selbst ich in Paris geboren und aufgewachsen bin! Genau wie deine Mutter! Warum lassen sie ihre Wut an einem kleinen Jungen aus, der gar nichts anderes als Paris kennt? Der Frankreich so in sich verinnerlicht hat und es einfach nur liebt in diesem Land zu leben; der französische Nationalfeiertage feiert; der die cuisine francaise vergöttert; der der größte Jean Reno-Fan ist; der jeden Film von Louis Malle und Jean-Luc Godard in und auswendig kennt; der ein A+ in Französisch hat; über dessen Bett die französische Flagge hängt; dessen größter Traum es ist, eines Tages für die französische Nationalmannschaft zu spielen, wie sein großes Vorbild Paul Pogba; der ein Schüleraustauschprogramm nach Berlin ablehnte, da er in seinem Leben nichts anderes sehen will als Frankreich und hofft, wenn es geht, Paris nie verlassen zu müssen. Was gibt ihnen das Recht uns als Fremde, als Geduldete zu betiteln? Wir sind genauso französisch, wie sie es sind. Doch in ihren Augen unterscheiden sich unsere Hautfarben – aber uns unterscheidet nicht nur die Hautfarbe, nein, uns unterscheiden auch die Werte. Die denken, dass sie etwas besseres sind, doch warum? Was gibt ihnen das Recht uns zu unterdrücken? Wann hat sich in der Geschichte je eine schwarze Gesellschaft über die weiße gestellt? Das ist ein Weißen-Ding!« - Mama unterbrach ihn. »Zinédine! Lass den Jungen etwas zur Ruhe kommen und die Dämonen der Gesellschaft mal für einen Moment aus deinem Kopf. Du kannst dich nicht durchgehend damit beschäftigen. Das bringt dich irgendwann noch um!« - Stille. »Tonya, mein Engel, du hast recht. Ich habe genug getan. Lass uns das Thema bis zum Bekanntgeben des Wahlergebnisses vergessen. Ich bereite das Abendessen vor. Bleib du bei Idrissa!« - »Danke, Cherié. Es ist noch Hühnchen im Kühlschrank, vielleicht brätst du es an und machst dazu Nudeln und einen schönen Salat?« - Papa überlegte. »Weißt du was? Ich glaube heute ist der perfekte Abend, um Omas Rezeptbuch herauszuholen. Wir essen heute afrikanisch-togolesisch! Wer will einen Wein?«, freute sich mein Vater und versuchte das Beste aus dem Abend zu machen, aus dem etwa zweistündigen Zeitfenster, was uns vor dem Bekanntgeben des Wahlergebnisses noch blieb.

Mama stand auf und ich schloss für einen Moment die Augen, während ich die Ohren streichelnde Stille genoss. Wenig später ertönte die Trompete von Miles Davis – Jazz. Wie ich diese Musik liebte. Nichts konnte mich mehr beruhigen als die sanften Klänge eines Saxophons, eines Pianos, eines Kontrabasses oder einer Trompete. Miles Davis war mein Lieblingskünstler, aber ich hörte genauso gerne den unfassbaren Charlie Parker. Wenn die harmonisierenden Sounds aus der Vinylplatte ihren Weg in die Lautsprecher und durch den Raum in meinen Gehörgang fanden, vergaß ich alles Schlechte, was um mich oder in meinem Kopf war. Schon wenn ich das Kratzen der Nadel auf der Platte hörte, wusste ich, dass sich jeden Augenblick meine Nerven und meine Muskeln entspannen werden. »Ich liebe dich, Mama!«, sagte ich, »du weißt was mir gut tut« - »Entspann dich, Bubu«, grinste sie. »Guck mal, was ich hier habe« - Sie brachte ein altes Fotoalbum mit – das Fotoalbum der Azikiwes, welches schon Jahre nicht aus mehr aus dem Schrank, neben den Schallplatten des begnadeten Monsieur Davis, herausgenommen wurde. Sie hielt es in den Händen und pustete den Staub von der Frontseite. Ich richtete mich auf, damit sie sich neben mich setzen kann. Sie mummelte sich mit unter die Decke und wir schauten uns die Bilder an. Es waren Bilder von unserer ganzen Familie; Verwandte, die schon längst nicht mehr lebten, die ich nur von Hören-Sagen kannte, die es nie aus Togo geschafft und Paris noch nie gesehen haben. Ich habe das Album schon dutzende Male durchgeblättert, aber bei der Anzahl der Verwandten verlor ich jedes Mal den Überblick. »Das ist die Cousine von der Mutter, dessen Mann die Stieftochter des Apothekers aus dem kleinen togolesischen Dorf geheiratet hat, du weißt schon, dessen Frau mit Oma-Oma zur Schule ging und dessen Bruder sie schließlich geheiratet hat« - So ging es oft, anstatt zu sagen, dass das irgendwer ist, und keiner wirklich weiß wer und auch niemand weiß, warum dieses Bild überhaupt im Album war – wahrscheinlich, weil das Bild in einem Fotoalbum einer Person war, die mit dem Menschen verwandt war, diese dann starb und ein ihr nahestehender Mensch es erhielt, dieser wiederum auch starb und so weiter, bis es schließlich zu uns gelangte. Was auch immer, darum geht es nicht. Hier waren eine Menge Menschen drin, die weder Mama noch ich kannte, es gab aber auch Menschen, die wir sehr wohl kannten, jedoch nicht kennen wollten. Diese gehörten zu der Seite von Papa, wenn auch nur über mehrere Ecke verwandt.

Mama ist eine geborene Mensah und mein Vater hat mit dieser Schande für unsere Familie ebenso wenig zu tun, wie ich, zumindest nicht mehr. Sie fingen als kleine Jungs an, als sie frisch aus Togo immigrierten, Drogen zu verkaufen – unter dem Eiffelturm, hinter dem

Louvre, an der Seine. Sie suchten sich die belebtesten Plätze, um auch nur einen Franc Profit zu schlagen. Die Eltern wussten das nicht nur, sie unterstützten es auch noch. Wo sollte sonst das Geld herkommen? Arbeiten gehen durften sie nicht und Sozialleistungen durften sie ebenso wenig empfangen. Schnell wurden diese Jungs bei der Polizei und später auch in dem ganzen Arrondissement bekannt. Ab diesem Zeitpunkt wurde der Ruf der Azikiwes in den Dreck gezogen, dass diese kleine Familie aber nur ein winziger Teil des großen, gesamten Azikiwe-Clans war, interessierte niemanden. Wenn jemand, egal wie integriert, wirtschaftlich erfolgreich oder in das soziale Miteinander eingeflochten war, er blieb doch ein Azikiwe. Sofort wurde man abgestempelt und, falls man überhaupt beachtet wurde, sehr abfällig behandelt. Diese Abzweigung unseres Stammbaums ist also der Grund, warum wir es – wir hatten es als Schwarze sowieso schon schwer – noch schwerer hatten, in diesem ewigen Kreislauf, diesem Hamsterrad, spießrutenartig zu leben respektive zu überleben, sich durchzuschlagen und jeden Tag aufs Neue zu beweisen, dass wir nicht dem Klischee entsprachen. Doch trotz diesem ganzen negativen Beigeschmack war ich unendlich glücklich in Frankreich leben zu dürfen, denn wie gesagt, ich liebte dieses Land. Also bat ich Mama das Fotoalbum zu schließen, damit wir uns nicht die Stimmung vermiesen lassen und uns auf das Wichtige im Leben konzentrieren können. Abgesehen davon, lief der

Countdown, der in weniger als zwei Stunden mit einer nie dagewesenen Veränderung endete, sodass wir uns später geärgert hätten, würden wir noch länger unsere Zeit mit Negativität verschwenden. Dafür ist das Leben doch sowieso zu kurz oder nicht?

Ich ging ans Fenster und schaute auf meine Stadt. Hier bin ich geboren, aufgewachsen; ich habe in dieser Stadt gelernt zu laufen, gelernt zu sprechen, gelernt, wie man durch das Leben kommt; ich habe hier zum ersten Mal einen Fußball ins Tor geschossen, zum ersten Mal geraucht, zum ersten Mal ein Mädchen geküsst – meine ganze wundervolle Kindheit hat auf Pariser Boden stattgefunden. Und diesen sollen wir verlassen müssen? Kaum vorzustellen, wenn die Schwarzen durch irgendwelche Zustände an die Macht kommen würden, anfangen die Weißen zu unterdrücken, ihnen jegliche Rechte nehmen, bis sie nichts mehr wert sind, sie anschließend als Arbeiter nutzen, um das unerforschte und unterentwickelte Afrika, die Narbe des Lebens, aufzubauen – und zwar unter Druck und Zwang, sprich unter miesesten Bedingungen und körperlicher Folter, und anschließend zu plündern, was nicht heißt, dass sie es nicht sowieso schon taten. Was wäre das für ein Gefühl, einen weißen Anzugträger zu entkleiden, ihnen schmutzige Lumpen anzuziehen und sie auf einem Marktplatz für wenige Franc zu verscherbeln, damit sie bei einem angesehenen, sogenannten ehrenhaften Landherren, arbeiten und bis zur Erschöpfung malochen – das alles natürlich unter einer Bedingung: Sie müssen von ihrer Familie, die sie über alles lieben und die Quintessenz ihres Lebens ist, getrennt werden, sonst macht das ganze keinen Sinn. Was wäre das für ein Bild? Doch bevor wir darüber weiter räsonieren, schaute ich in meine dunklen, schläfrigen Augen, die meine Seele in das Spiegelbild des Fensters projizierten. Die ganze Scheibe war mit Leid ausgefüllt, dass immer weiter durch die tiefen Augenringe, versorgt wurde. Mein schmales und doch kantiges Gesicht gaben diesem Körper, der außerhalb dieser Wände aus nichts bestand als gebrochener Hoffnung, ein einzigartiges Merkmal; addiert mit dem geschwollenen Auge, ein verletztes Gesicht, dass mannigfaltig für französische Afrikaner in diesen Zeiten stand. Die kurz geschorenen Haare konnten als Kampfansage verstanden werden, obwohl ich kein Kämpfer war und nie kämpfen wollte, doch vielleicht war diese Frisur passender denn je, auch wenn mein sonst eher filigraner Körper dazu nicht unbedingt im Stande war. Wenn Wut in einem Menschen entsteht, kann er Berge versetzen und mit der richtigen Dosierung alles schaffen, was er will. Je länger ich auf meine Stadt schaute, desto mehr wurde dieses Leid von der Scheibe durch Entschlossenheit und Willenskraft vertrieben, auch wenn ein Film von Angst darüber lag.

3

Während Mama und ich mit leeren, sentimentalen Blicken durch den Raum geisterten, ohne ein Wort dabei zu sprechen, kam Papa mit dem Essen in den Händen in den Wohnbereich. »Was ist hier los?«, fragte er. Mama wusch sich die Tränen aus dem Gesicht. »Nichts, Cherié. Lass uns essen« - Sie stand auf, richtete ihre Krone, vergaß den ganzen Unmut und deckte den Tisch. »Bubu, ruf deine Schwester und deinen Bruder, wir können essen« - »Okay, Mama« - Jetzt saß diese schwarze Familie vor einem Buffet an Leckereien und schlug sich den Magen voll, etikettiert und doch schlingend, denn wenn Papa kochte, blieb nie auch nur ein Gramm Fleisch übrig, so lecker war es. Ich habe so viel gegessen, dass ich an meiner Hose einen Knopf öffnen musste und die anderen sahen ebenso zum Platzen aus. Als wir mit dem Nachtisch, einem perfektionierten mousse au chocolat, wenn auch vom Vortag, fertig waren, ergriff mein Vater die Initiative, um noch einmal den heutigen Tag, die letzten Wochen und vergangenen Monate zu rekapitulieren. »Tonya, du erlaubst doch, nicht?« - »Weißt du, Zinédine, heute ist vielleicht kein schlechter Zeitpunkt, um über dieses Thema zu sprechen!« - Also fuhr Papa aus, erörterte und redete sich schließlich in Rage, wie die Terroranschläge, verbunden mit der Flüchtlingskrise, die Situation immer weiter zuspitzten und diesen

25

Apparat Rassismus überhaupt erst einschaltete; wie sich die Stimmung aufheizte und eine Gruppe - die Menschen –, in zwei Gruppen: Schwarz und Weiß, aufspaltete und immer weiter auseinander drängte. Als Paradigma nannte er den heutigen Tag. »Schaut ihn euch doch an, unseren armen Sohn. Der arme Idrissa wollte nichts weiter, als seine Stimme abgeben, was sein gutes Recht und sogar seine Pflicht ist, und kommt wieder, mit abgenommener Jacke, durchgefroren und demolierten Gesicht. Was ist das für eine Gesellschaft?« - »Cherié, hör auf. Bitte rege dich nicht so auf. Wir alle erfahren jeden Tag aufs Neue diese schrecklichen Dinge, jeden Tag begegnet uns das böse Gesicht des Rassismus und versucht uns einen Teil unserer Würde zu nehmen. Wir müssen lernen damit zu leben, und mit wir meine ich vor allem euch Drei!«, sie zeigte auf mich und meine Geschwister, »ihr habt noch ein langes Leben vor euch! Wenn alles gut läuft, legt sich heute Abend ein Schalter um, doch wenn es schlecht läuft, wird dieser Zustand weiter herrschen, vielleicht noch extremer werden« - »Mama!«, brach meine kleine Schwester Keisha in Tränen aus. »Mein Engel, ich will dir keine Angst machen. Ich will euch nur sagen, dass ihr euch entscheiden müsst. Willst du der Amboss oder willst du der Hammer sein? Und wenn du der Hammer sein willst, bist du bereit Opfer zu bringen und dir deine Hände schmutzig zu machen? Wenn nein, dann bist und bleibst du der Amboss! Und keines meiner Kinder soll ein Amboss sein!« - Die

26

Stimmung wurde schwermütiger und demütiger. »Auch bei mir im Krankenhaus wird es von Tag zu Tag schwerer. Die Menschen kommen, weil ich ihnen helfen soll, doch dann sehen sie mich und wollen plötzlich keine Hilfe mehr. Sie wollen von einer anderen Ärztin behandelt werden, wollen nicht von diesen dreckigen Händen berührt werden. Ich weiß nicht, wie das noch weiter gehen soll. Ich habe fast keine Patienten mehr. Wenn ich jedoch aufgeben würde und resigniere, dann verdiene ich kein Geld, kann kein Essen mehr kaufen, die Wohnung nicht mehr finanzieren, wir hungern und landen auf der Straße. Also stehe ich jeden Morgen auf und sage mir, dass ich der Hammer bin und kämpfe!« - »Hört euch diese Frau an Kinder, so eine Kraft, wie kann eine Frau nur so eine Kraft entwickeln?« - »Du weißt woher ich das habe, Cherié«, sagte sie mit einem Lächeln, »dir geht es doch nicht anders. Wie oft wirst du von weißen hochnäsigen Franzosen beleidigt oder bespuckt, wenn sie in deinen Bus einsteigen, wie oft haben sie dich schon bedroht? Doch gibst du auf und fährst nie wieder den Bus durch das 5. Arrondissement? Sind dir die alten Menschen, die auf dich und den Bus angewiesen sind egal? Verkriechst du dich? Versteckst du dich? Nein! Du stehst jeden Morgen, wie Tausende, Millionen von anderen Schwarzen auf, blickst in den Spiegel und sagst dir: Nicht mit mir! Ich kämpfe!« - »Du hast Recht. Und das ist wichtig! Kinder, vergesst nie, dass ihr eines Tages auf euch gestellt seid! Ihr müsst kämpfen! Vergesst nie zu kämpfen!« - Wir drei im Chor nickten, wenngleich mit einer kleinen Prise Furcht, die sich in meinem späteren Leben jedoch verflüchtigen würde. Wie wichtig und prägend diese Ansprache unserer Eltern war, war mir zu diesem Zeitpunkt nicht bewusst.

»Kinder«, sprach Papa weiter, »unsere Vorfahren haben es uns vorgemacht. Wo wären wir ohne Menschen, die das Schicksal der schwarzen Bevölkerung komplett veränderten, wie Martin Luther King oder Malcom X? Ohne Menschen, die ein Zeichen setzten, obwohl ihnen starke Konsequenzen drohten, wie Rosa Parks? Ohne Menschen, die ständig und immer wieder aufklären, auf die Missstände und die Ungerechtigkeit hinweisen, wie Musiker, Schauspieler und andere Menschen? Wo wären wir? Ich sehe es als Pflicht, mich genauso für unsere Rasse einzusetzen. Es ist freilich nicht jeder dafür gemacht und ich sage euch auch nicht, dass ihr um jeden Preis so werden sollt, wie eurer alter Herr, doch wenn ich es nicht tue, fühle ich mich, als würde ich all jene Menschen, die ich gerade genannt habe – und es gibt noch viele weitere Menschen – nicht nur verraten, sondern hin zum Schafott begleiten würde. Der Stolz der Schwarzen muss weiterleben, wir müssen stolz darauf sein, wie Gott uns geschaffen hat. Und wenn ich irgendwann ohne einen Cent in der Tasche, mit zerrissenen Kleidern im Rollstuhl sitze, werde ich weiterhin auf die Bühne gehen und für die

Gleichberechtigung predigen. Ich werde weiter gegen diese Rechtspopulisten und diese faschistische Gesellschaft vorgehen – ich lasse mich nicht unterkriegen, egal wie menschenverachtend es noch wird, ich lasse mich nicht unterkriegen!« - Papa schlug auf den Tisch. Eine Stille zog in den Raum ein, während wir alle Papas Wut und Ambition tief in uns spürten.

»Hört ihr das?«, unterbrach ihn Mama. »Hört ihr das?« - Es war ganz still. »Was Mama?«, sagte ich. »Einen Moment noch!« - Mama schloss die Augen, dann ertönte ein ganz sanftes und intensives, liebevoll gespieltes Trompetensolo von Miles. Er begann ganz langsam, man konnte die Emotionalität und Leidenschaft durch die Lautsprecher fühlen. Mama bewegte ihre Schultern gefühlvoll zu dem Takt. »Wisst ihr jetzt, was ich meine? Er spielt nur für uns« - Zuerst schauten wir Mama etwas verdutzt an, doch wir spürten den Stolz, den er in sein Instrument trompetete. »Das solltest du auch machen Bubu, das macht dich locker!« - »Mama«, zögerte ich. »Los, probier es doch wenigstens einmal«, grinste sie. Also schloss auch ich die Augen und bewegte meine Schultern zu dem Takt. »Und jetzt Keisha und Aamun. Kommt mit in diese tolle Welt« - Auch die beiden schlossen die Augen. »Mon amour«, sagte sie mit tiefer Stimme, »jetzt fehlst nur noch du in unserer Mitte« - Schließlich sprang auch mein Vater in diesen Frieden. Wir spürten diese unbeschreibliche Harmonie – es fühlte sich einfach gut an. »Das ist für uns, unser Volk. Er hat es geschafft und wir schaffen es auch. Er ist bei uns, hört ihr das? Er will uns sagen, dass wir nicht aufgeben dürfen. Kommt reicht mir eure Hände« - Wir reichten uns die Hände und bewegten unsere Schultern im Kreis, mit geschlossen Augen, nur mit einem schwarzen Bild vor unseren Augen, auf das in jenem Moment jeder, das für ihn schönste Bilder in Erinnerung rief. »Danken wir Gott!« - Niemand in ganz Paris schien glücklicher zu sein, als wir, die Azikiwes, die voller Entspannung der Trompete lauschten, nichts schien diesen Moment zerstören zu können. Ich dankte Gott für meine tolle Familie, besonders für meine unglaubliche Mama. Sie hat, gerade in den letzten Monaten und Jahren, mir jeden Tag erneut Kraft gespendet. Sie war mein Rückhalt in diesen rassistischen Stunden. Ohne sie wäre ich nichts, ein Niemand, ein kleiner Junge ohne Werte, ohne Kraft. Keine Tat könnte ihr Verhalten belohnen, gerecht werden; nie könnte ich ihr so sehr dafür danken, was sie alles für mich gemacht hat, wie sie sich um mich kümmerte, wie sie nicht nur meine Mama, sondern auch meine beste Freundin war.

Dann ertönt die Glocke der Sainte-Chappelle - es war sieben Uhr. Wir öffneten unsere Augen und fanden uns in der kalten Realität wieder. In wenigen Minuten war es soweit. Die Bekanntgabe des Wahlergebnisses stand bevor. Wir schalteten den Fernseher ein und setzten uns auf das Sofa. Eng an eng.

Wir saßen alle zusammen und blickten in die Falten
und eisigen Augen der Politiker der Gesprächsrunde,
welche den Abend kommentierten, Prognosen stellten
und nur darauf warteten, dass ihre Partei – sie waren
Anhänger Manon Duponts – gewann. Auch die
Moderatorin hatte diesen kalten Blick, diesen Blick der
Verachtung. Die Politiker »unserer« Partei wurden, so
gut es ging, aus dem Gespräch genommen, fast nicht
wahrgenommen. Die beiden Kandidaten für das
Präsidentenamt waren in ihren Parteibüros und
fieberten mit ihren Genossen. Die Hochrechnungen
liefen. Bis das endgültige Ergebnis feststand, wurde
jedoch kein Zwischenstand bekannt gegeben. Das war
wahrscheinlich von der aktuellen Regierung so gewollt,
da mit Randale und Aufständen gerechnet wurde. Dann
richtete der Sender eine Liveschaltung zu den beiden
Anwärtern auf das Präsidentenamt. Das Gesicht unseres
Kandidaten erschien. Er beteuerte seine Zuversicht,
dass wir den Glauben nicht aufgeben sollten, dass er
sich um die Vereinigung von Weiß und Schwarz
kümmern, dass wir nicht in Vergessenheit geraten
würden, doch schon nach weniger als einer Minute
unterbricht ihn die Modcratorin, die Übertragung zu
Manon Dupont sei nun hergestellt und sie würden nun
umschalten. Er hat ihre Worte nicht gehört, redete noch
weiter, war in seinem Element, kam richtig in Fahrt,

doch wurde dann mitten im Satz einfach weggeschnitten. Das Bild von Manon Dupont, wie sie vor einem Bild des Eiffelturms steht, füllte nun den Fernsehbildschirm aus. Diese glänzenden herbstroten Haare, diese giftgrünen, stechenden Augen, dieser faszinierend und ästhetisch kantige Kiefer, diese rougierten Wangen – wie konnte diese sinnliche und umwerfende Frau solch eine Einstellung, solch einen Hass, solch eine Wut haben? Wenn Manon Dupont, sie mochte vielleicht 30 oder 35 Jahre, älter nicht, sein, mir auf der Straße begegnen würde, ohne dass sie ihren geistigen Abfall über Schwarze, Flüchtlinge oder Muslime abgibt, dann würde ich ihr stundenlang hinterher schauen, mich von ihren zauberhaften Lächeln hinreißen lassen; träumen, diese vollen Lippen einmal küssen zu dürfen und mit ihr für wenige Minuten, Stunden, zu verschmelzen. Vielleicht war es ihr Charme, der die restlichen Bürger Frankreichs, sie wählen ließen. Wer kann das schon mit Gewissheit sagen? Sobald sie jedoch ihren Mund öffnete, wurde ihr Erscheinungsbild zerstört, als ob die Wörter ihren Körper herunter fließen und dabei ätzend tiefe und triefende, unausstehliche und grässliche Wunden hinterließen. So sehr ich ihr Äußeres liebte, so sehr hasste ich ihr Inneres, es war hässlich wie der Teufel.

Schon wieder klingelte das Telefon. Wieder rief ein Freund aus der Gemeinde an. Er hatte Angst. »Salut, Idrissa. Ist dein Vater in der Nähe? Ich muss ihn sprechen«, hechelte der arme Mann schon fast. Das war das vierte Mal heute Abend. Jedes Mal war ein ängstlicher schwarzer Mensch am anderen Ende der Leitung und brauchte zuversichtliche Worte meines Vaters, um diesen Abend zu überstehen. Papa versuchte sie zu beruhigen, sprach ihnen zu, zitierte aus den Reden berühmter Menschenrechtler, zitierte aus der Bibel und sagte, sie sollen nicht besorgt sein, denn die Gerechtigkeit würde siegen – auf kurz oder auf lang. »Habe keine Angst, wir schaffen das! Sei ein Mann! Du darfst keine Angst haben! Hast du mich gehört? Wir schaffen das!«, wurde mein Vater etwas lauter, »und jetzt geh zu deiner Frau, sie braucht dich mehr, als du mich. Bald wird alles anders sein! Wir reden morgen! Halte durch!« - Als er den Hörer auflegte, klingelte es sofort erneut. »Papa, was wollen diese Menschen von dir?«, fragte ich. »Mein Sohn, sie brauchen mich!« - »Wieso?« - »Sie brauchen mich, weil sie an mich glauben. Sie haben nichts, keine Hoffnung, keine Zuversicht – nur Angst, tiefe Angst« - »Weißt du Bubu, wenn einem Mann so viel Vertrauen geschenkt wird, dann muss er seine Aufgabe annehmen. Die Menschen da draußen haben dank eurem Vater endlich wieder einen Funken Glauben gefunden. Er muss sich um sie kümmern«, erklärte Mama. »Danke, Cherié. Mir liegen diese Leute und ihre Angst sehr am Herzen« - Papa ging ans Telefon. Erneut beruhigte er den aufgeregten und angstvollen Menschen am anderen Hörer.

Dann ertönte ein Gong aus dem Fernsehapparat, ein Vorhang wurde aufgezogen und schon stand die

Moderatorin da und war bereit das Ergebnis bekanntzugeben. An ihrem widerlichen Grinsen habe ich gesehen, wer gewinnen würde. Sie machten ein regelrechtes Szenario aus der Bekanntgabe, wahrscheinlich wollten sie den Augenblick genießen. Sie fingen Meinungen auf der Straße ein, zeigten Stars, die Manon Dupont in ihrem Wahlprogramm unterstützten und stellten Zukunftsaussichten. Doch nun war es soweit, nach kaugummizerrender Warterei, wurde nun das Ergebnis bekannt gegeben. Ein Balken, auf dem die wunderschöne Madame Dupont in einem kurzen Sommerkleid in den Farben der Partei saß, schoss aus dem Nichts in die Höhe, bis er zum Stillstand kam. Dann erschien die Zahl: 92,8 %. Der Hintergrund wurde in den Farben der französischen Nationalflagge gefärbt und es regnete Baguettes und Wein. Bevor das Bild wechselt und live in das Parteibüro übertragen wurde, wurde der Form halber für weniger als zwei Sekunden der Balken mit 7,2% und einem traurigen Bild unseres Kandidaten gezeigt.

Ich war gespannt, was Manon Dupont jetzt sagen würde. Die Ausmaße hatte ich zu diesem Zeitpunkt noch gar nicht begriffen, vielleicht stand ich aber auch unter einer Art Schock, doch bevor ihr Gesicht überhaupt zu sehen war, schaltete Papa den Fernseher aus und stand auf. »Verdammt!«, schrie er und lief auf und ab, auf und ab. Mama fing unweigerlich an zu weinen, dicke Kullertränen liefen ihr die Wange herunter. Meine kleinen Geschwister, legten sich zu

Mama in den Arm. Ich saß auf dem Sofa und fühlte mich verpflichtet etwas zu machen, nur was? Was konnte ich kleiner Junge schon gegen diesen mächtigen Apparat unternehmen? Langsam verstand ich die Situation, ein Schauer lief mir den Rücken herunter, mein Hals schnürte sich zu und ich bekam einfach nur Angst vor der Zukunft. »Was soll jetzt aus uns werden, Zinédine? Was? Sag es mir!«, heulte Mama. »Wir..«, sagte Papa unentschlossen, als wusste er in jenem Moment keine Antwort. »Wir was? Dir fehlen die Worte? Wir werden alles verlieren, Zinédine! Verstehst du was ich sage? Es ist vorbei!« - »Beruhige dich!«, schrie Papa so laut, dass ich zusammenzuckte. Es war eine unglaublich elektrisierte Stimmung in der Wohnung, doch auch in der Nachbarswohnung hörte man Geschrei und Geheule, man spürte diesen Schleier von Wut und Angst, der über der ganzen Stadt lag.

Kurze Zeit später ertönte Krach von der Straße. Erste Sirenen heulten, schreiende Menschen kamen immer näher. Es war ein Mob aus Schwarzen, Muslimen und anderen Ausländern. Sie wollten einen Aufstand veranstalten, liefen als Einheit durch die Straßen und schrien immer wieder Parolen für die Menschenrechte und gegen die neue Regierung. Aus dem Fenster konnte man in verschiedenen Gassen Rudel von Menschen sehen, die auf dem Weg zum Marktplatz waren, um sich dort zu treffen, auf dem Weg eine Spur hinterließen, indem sie Autos anzündeten, Glasscheiben von Geschäften zerstörten oder Häuser und Wände mit Graffiti beschmierten. Ihr Ziel war klar zu erkennen: das Büro von Manon Dupont und ihrer Partei. Die Stadt verwandelte sich in wenigen Minuten in eine bürgerkriegsähnliche Atmosphäre, Blaulicht und Flammen schienen durch die hohen Gebäude in den Himmel, direkt durch die Fensterscheibe in meinen Augapfel. Papa schnappte sich seine Jacke und zog seine Schuhe an. »Zinédine! Nein!« - »Ich muss!« - »Du bleibst hier!« - »Tonya! Verstehst du denn nicht? Unsere Brüder und Schwestern brauchen mich! Sie brauchen meine Unterstützung!« - »Bitte! Tu das nicht! Wir brauchen dich auch! Wir brauchen dich noch viel mehr!« - »Es tut mir leid! Ich kann nicht anders!« - »Papa! Bitte bleib hier!«, brach meine kleine Schwester in Tränen aus! »Keisha, mein Engel. Du wirst es später verstehen!« - Papa stand in der Tür zur Treppe und warf einen letzten Blick auf seine geliebte Familie. »Papa«, rief ich ihm hinterher, als er schon halb zur Tür raus war, »warte auf mich! Ich komme mit!« - »Auf keinen Fall!« - »Ich will dir helfen!« - »Das ist zu gefährlich!« - »Aber soll ich hier bleiben und zusehen, wie dieses Land den Abgrund entgegen geht?« - »Du hast eine noch viel wichtigere Aufgabe! Du musst auf deine Mutter und deine kleinen Geschwister aufpassen!« - »Aber …« - »Du hältst heute Abend unsere Familie zusammen, verstanden? Du bist jetzt der Mann im Haus!« - Papa ging, wir blieben und weinten, bis ich vor ganzer Trauer in mein Zimmer ging und mich ins

Bett legte.

5

In meinem Zimmer stellte ich den Schallplattenspieler an. Sobald Jazz lief, hörte der Druck auf meiner Brust auf, als würden Mauern um mich einbrechen und auf einmal Wege aus dem Käfig herausführen, bevor die Platte zu Ende war und der Frust sich wieder staute. Ich flüchtete mich in die Musik, flüchtete vor meiner Zukunft, versuchte all das zu verdrängen, doch immer wieder schossen wirre Gedanken, unangenehme Erinnerungen in meinen Kopf. Schlimme Bilder, skurrile Bilder.

Ich stellte mir plötzlich vor, wie massenhaft weiße Menschen in einem Boot auf dem Mittelmeer fast sterbend, Schulter an Schulter gepresst, sitzen – verschwitzt und ausgetrocknet, verhungert und erschöpft kein Land in Sicht haben; das Boot ein Leck hat, langsam beginnt zu sinken, bis die ganzen weißen Menschen sich mit aller Mühe und Not über Wasser halten; ihre Beine schwächer und schwächer werden, die ersten Menschen untergehen sehen, da sie einfach keine Kraft mehr haben, bis endlich am Horizont ein weiteres Boot erscheint, welches zunehmend größer wird und näher kommt; wie sie dann eine Truppe von Schwarzafrikaner erblicken, die ihnen Rettungsringe hinwerfen, sie auf das Boot ziehen, sie mit Trinken und

Essen versorgen, sie den langen Weg über das blaue Nass, bis hin zum Ufer bringen, wo sie endlich am Ziel ihrer langen Reise sind; ihnen sogar noch Verpflegung mitgeben, damit sie die letzten Kilometer ohne Probleme schaffen – ohne irgendeinen Profit daraus zuschlagen, und all das, obwohl sie selber arm sind.

Als nächstes befand ich mich in einem fahrenden Bus. Ich saß im schwarzen Abteil. Ich blickte durch den Bus und sah im weißen Abteil eine schwarze Frau sitzen. Neben ihr war ein Platz frei. Der Bus hielt an, ein weißer Mann stieg ein, zog sich ein Ticket, lief durch den überfüllten Bus und ging in Richtung des weißen Abteil. Die schwarzen Menschen, die separiert von den Weißen saßen, sah er verachtungsvoll an. Vor der schwarzen Frau stehend, sagte er, sie solle aufstehen. »Was fällt dir ein, Nigger?« - Die Frau schaute ihn mit ernsten und entschlossenen Blick vom Kopf bis auf die Füße. »Aufstehen!«, befahl er in forderndem Ton, doch sie blieb sitzen. »Sehen Sie nicht? Hier ist ein Platz frei, setzen Sie sich«, bat sie ihn und deutete auf den Platz neben ihr. »Bist du verrückt geworden, Nigger?« - »Das ist ihr Pech!« - Sie schloss die Augen und grinste. Der weiße Mann war außer sich und sah die anderen weißen Menschen an, die ebenfalls wütender und galliger wurden. Sie schmissen mit Gegenständen, Papier, Stifte, Essen. »Das wird dir noch leid tun! Weißt du was dir schwebt?«, fragte er. Die Frau jedoch blieb weiter sitzen, als nehme sie die Menschen um sich herum nicht wahr. »Dann stehen Sie eben« - Der Mann ging nach vorne zum Busfahrer, um sich zu beschweren. In der Zeit ging ich zu ihr und setzte mich auf den vakanten Platz. Sie blickte mich an, schenkte mir ein Lächeln, was ich ihr gleich tat. Verbundenheit. Loyalität. Solidarität. Der Mann kam wieder und die anderen beleidigten, schmissen noch mehr Dinge. Ich nahm ihre Hand, schloss ebenfalls die Augen und wir grinsten, bis der Bus wenige Minuten später anhielt und die Polizei reinkam.

Aus dem Bus verabschiedet, stand ich plötzlich auf dem großen Marktplatz. Ich stand in Reihe und Glied neben anderen Schwarzafrikanern, die von der Polizei an die Wand gedrückt, deren Taschen durchsucht und Beine auseinander gespreizt worden. Die Polizisten trugen Handschuhe, damit sie nicht unsere schwarze, ätzende Haut berühren mussten. Ich hatte doch gar nichts gemacht, ich hatte nichts zu verbergen, ging nur zufällig an den anderen Jungs vorbei und wurde als Teil von ihnen assoziiert. Für die Polizei war ich nun auch ein Dealer, Krimineller, Verbrecher, der wie ein Aussätziger behandelt wurde. Das Blaulicht der Polizeiwagen schien ununterbrochen, sodass alle vorbeigehenden Passanten stehen blieben und sich die Show ansahen. Wie im Theater war diese unwirkliche Kulisse aufgebaut, absurd. Ständig wurde ich gefragt, wo ich den Stoff hätte. Wo ist der Stoff. Wo ist der Stoff. Sag mir, wo ist der Stoff. Ich fühlte mich nackt – nackt, weil das Blaulicht dich vor Menschenmengen auszieht und jeder dich anschaut. Abfällig anschaut.

Zum Glück war ich jetzt wo anders. Ich stand in einer langen Schlange, in einem alten, staubigen Postamt. Die drei Statuen von Frauen hauten die Briefmarken so fest auf die Briefe, dass sie nicht nur in 200 Jahren noch darauf kleben würden, sondern dass auch jedes halbe Jahr ein neuer Tisch angefertigt werden müsste. »Der Nächste!«, schrien sie laut und apathisch. Noch zwei Leute waren vor mir. »Der Nächste!« - gleich war ich endlich dran. Ich wollte nur schnell einen Brief abgeben und dann wieder nach Hause. »Der Nächste!« - Das lange Warten hat gleich ein Ende. Fast eine Stunde stand ich jetzt in der endlosen Schlange. »Der Nächste!« - Ich war dran, wollte grade los, als der Mann hinter mir an mir vorbei, in Richtung Schalter ging. Dann bin ich halt der Nächste, dachte ich. Auf diese eine Person kam es jetzt auch nicht an. »Der Nächste!« - Noch bevor ich schauen konnte, welcher von den drei Schaltern frei war, lief die Frau hinter mir dort hin. Was? Was soll das? Ich regte mich auf, hörte dadurch aber nicht: »Der Nächste!« und der Mann hinter mir lief wieder an mir vorbei. Okay, dachte ich, anscheinend muss man hier schnell sein. Also achtete ich aufmerksam auf die Damen am Schalter, damit ich auch ja nicht zu langsam war. »Der Nächste!« - Ich ging einen Schritt vor. Die Frau hinter dem Schalter schaute mich an, hob den Finger, schnatzte zweimal und zeigte auf den Mann hinter mir. Er ging nach vorne und gab seine Briefe ab.

Der andere Schalter wurde frei, doch die Frau gab mir zu verstehen, dass die Frau hinter mir die Nächste sei. Genug. Ich ging aus der Tür und befand mich wieder in meinem Zimmer.

Meine Hände wurden ganz schwitzig, so nass, wie die Tränen meiner Mutter, wenn sie nachts in ihrem Bett weinte. Diese Stadt wurde kälter und kälter, doch das lag nicht am Winter, denn auch im Sommer war die Luft hier kälter, als man denkt. Es war nur eine Frage der Zeit, bis ich mich veränderte. Jeder Hund wird irgendwann aggressiv, wenn man ihn tritt. Ich versuchte mich jeden Abend in den Himmel zu denken, doch hörte nie die Vögel zwitschern, hörte lediglich das Fließen des Benzins, dass die Politiker in das brodelnde Feuer gossen. Diese ganze Nachdenkerei hatte mich total aufgewühlt. Ich ging raus auf den Balkon, um eine Zigarette zu rauchen. Ich betete zu Gott, betete um Vergebung meiner Sünden, betete um Hilfe. Ich ging wieder hinein, küsste Mamas Hand und legte mich endgültig schlafen.

6

Frühstück. Ich hatte Hunger. Die letzte Nacht, der letzte Tag war erschöpfend. Keisha und Aamun saßen schon am Küchentisch. Mama bereitete das Essen vor. Ich ging zu ihr und gab ihr einen Kuss auf die Wange. »Bonjour, Mama« - »Bonjour, Bubu. Setz dich. Das Essen ist gleich fertig« - »Wo ist Papa?« - »Er kommt gleich« - Ich setzte mich an den Tisch und sah meine kleinen Geschwister an. Wir schwiegen, schnitten Grimassen, bis einer anfing zu lachen. Wir alberten herum, schlürften die Milch und hatten Spaß. »Kinder, hört mal«, fing Mama an, »ihr müsst gleich machen, was ich sage« - »Mama, du weißt, ich mache alles was du sagst, ich liebe dich!«, erwiderte ich. »Wenn eurer Papa gleich hereinkommt, dann schaut ihn bitte nicht so an. Versprecht ihr mir das?« - Keisha und Aamun waren genauso verwirrt, wie ich. Was meinte sie? Ich habe es nicht verstanden. »Okay, Mama«, versprach ich ihr trotzdem. Dann hörte ich die Treppenstufen, Papa kam rein. Er humpelte und sein Gesicht war total zerschrammt. »Guten Morgen, Kinder. Habt ihr gut geschlafen?« - Wir waren sprachlos. »Papa?«, fragte ich ängstlich und völlig neben mir stehend. »Papa, was ist mit dir?« - Papa setzte sich an den Tisch, pustete dabei aber vor Schmerz und fasste sich an Hüfte und Rücken. »Haben mich ganz schön übel zugerichtet, he?«, versuchte er zu lachen und die Stimmung aufzulockern. Ich stürmte zu ihm, kniete mich hin, nahm seine Hand. »Wer? Wer hat dir das angetan?« - »Mein Sohn, das waren die Ratten!« - Ich zögerte einen Moment, lief dann in mein Zimmer, und schnappte mir meine Jacke. Ich wollte mich rächen! Doch an wen eigentlich? Zum Glück hielt mich Papa auf. »Mein Sohn, mach dir keine Gedanken. Deine Aktion ist ehrenwert, aber ich werde das ganze politisch klären. Habe keine Angst, das wird nie wieder vorkommen!« - Wir beruhigten uns alle.

Nach dem Frühstück, nahm ich meine beiden kleinen Geschwister und wir gingen zur Schule. »Au revoir, Mama!«, riefen wir. »Wo ist mein Kuss?« - Wir gingen zu ihr und gaben ihr alle nacheinander einen Kuss auf die Wange. »Au revoir, Bubu. Au revoir, Keisha. Au revoir, Aamun. Und Bubu, du passt auf deine Schwester und deinen Bruder auf, ja? Ich hab euch lieb! Viel Spaß und seid vorsichtig!« - Wir gingen alle auf die selbe Gesamtschule. Kinder im Alter von sechs Jahren bis Jugendliche im Alter von 18 Jahren. Ich war der letzte Jahrgang. Noch ein paar Wochen und ich hatte mein Abitur, danach wollte ich mein Medizinstudium beginnen. Die Schule lag im 2. Arrondissement. Wir mussten erst ein Stück zu Fuß gehen und nach zehn Minuten mit der U-Bahn fahren, die direkt vor der Schule hielt. Die Straßen waren wie leer gefegt. Auf dem Weg standen normalerweise dutzende Obst- und Gemüseverkäufer. Selbst die Kioske waren geschlossen. Vereinzelt sahen wir Schwarze durch die

Straßen in ihre Häuser huschen. Als wir unser Viertel verließen, begegneten uns vermehrt Weiße, die uns verachtend ansahen und im Vorbeigehen anrempelten. In der U-Bahn das gleiche Spiel. Ein paar schwarze Kinder, die ebenfalls auf unsere Schule gingen, saßen hier, mit leeren Blick auf den Boden schauend.

Im Klassenraum angekommen, fragte ich mich, warum die Tische nicht wie gewohnt standen. Die Gruppentische wurden in zwei separate Reihen umgestellt. Weil kein Lehrer da war und wir nichts wussten, was das zu bedeuten hatte, setzten wir uns willkürlich hin, neben die Personen, die wir am meisten mochten. Ich saß neben meinem weißen französischen Freund Jacques. Dann kam die Lehrerin herein. »Bonjour, Kinder« - Kinder. Sie nannte uns immer noch Kinder. Ich konnte diese alte faltige Madame Henry noch nie leiden. Sie behandelte einen immer von Oben herab, als ob sie alles besser wüsste und wir nur dumme junge Menschen wären, die nichts wissen würden. »Hopp, Hopp. Alle aufstehen!« - Wir blieben sitzen und schauten sie verwundert an. »Hopp, Hopp! Oder spreche ich eine andere Sprache?« - »Aber Madame Henry«, versuchte ich einzuwenden. »Idrissa, mit dir spreche ich jetzt nicht!« - »Was?« - »Wollt ihr jetzt aufstehen?«, forderte sie. Wir standen auf. »So, wie ihr vielleicht bemerkt habt, jaaaa« - Ich hasste dieses lange ›Jaaaa‹ - »sind die Tische umgestellt worden. Natürlich nicht ohne Grund!« - Sie hielt drei Blätter mit Farben hoch. Das eine war weiß, das andere schwarz und das in der Mitte in einem sonnengereiften braun. »Alle, dessen Hautfarbe zwischen der weißen und dem braunen liegen, setzen sich auf die rechte Seite. Alle, dessen Hautfarbe zwischen der braunen und der schwarzen liegen, oder dessen Eltern respektive Ureltern nicht aus Frankreich stammen, setzen sich auf die linke Seite!« - Alle waren erstaunt. »Warum, Madame Henry?«, fragte einer aus der Klasse. »Das ist ab heute Vorschrift! Keine Fragen mehr! Setzt euch jetzt hin!« - Alle setzten sich hin, ich glaube jedoch, sie verstanden nicht, warum das ganze Vorschrift war und zu was das alles hinführen würde. Ich schaute zu Jacques herüber, er war genauso sprachlos wie ich. »Aber Madame Henry, ich möchte neben meinem Freund Idrissa sitzen bleiben!« - »Jacques, du solltest dir überlegen, ob dein Freund Idrissa, dein Freund Idrissa oder dein Schulkamerad Idrissa ist!« - Dann holte sie ein Dokument aus ihrer Tasche. »Kinder, jetzt genau aufpassen! Vorerst gelten folgende Regeln: Weiße und Schwarze sitzen getrennt voneinander, ihnen ist es untersagt im Unterricht miteinander zu reden und auf dem Schulhof müssen sie ebenfalls getrennt bleiben, genauso wie in der Mensa. Diese Regeln werden erst einmal strikt befolgt, bis weitere Anweisungen gegeben werden. Bei Missachtung steht ein Gespräch beim Rektor an und Kinder, das wollt ihr nicht, das könnt ihr mir glauben. Er ist ein weitläufiger Freund Manon Duponts, also haltet euch an die Spielregeln. Es wird in den nächsten Tagen entschieden, ob separate Klassen erstellt werden; ebenso, ob die Toiletten getrennt werden – es konnte ja nicht alles in einer Nacht entschieden werden!«, lacht sie. Verdammt, die Wahl ist doch gerade einmal einen halben Tag her und schon sind neue Vorschriften und Gesetze in Kraft getreten? »Madame Henry, ich habe eine Frage«, rief ich in den Raum rein. »Jetzt nicht!« - »Aber Madame« - »Hörst du schlecht? Lernt man bei dir im Land nicht zu spuren?« - »Madame, Sie können uns doch nicht von unseren Freunden trennen!« - »Ich glaube, ich habe mich verhört!« - »Madame« - »Du kannst froh sein, dass du diese Schule überhaupt noch besuchen darfst!« - Ich sah ein, dass es keinen Sinn macht gegen diesen riesigen Maschinismus zu rebellieren. Ich stellte mich ruhig, dass erst wenig Zeit seit gestern Abend vergangen ist und die Wunden noch frisch waren und voller rassistischer Euphorie trieften. Es würde sich schon wieder beruhigen – dachte ich.

In der Pause war der Hof in zwei Farben gefärbt. Der eine weiß, der andere schwarz. Ich sah in traurige Gesichter, egal, ob schwarz oder weiß. Besonders die kleinen verstanden den Sinn dahinter nicht und wollten nicht von ihren Freunden getrennt sein. Bei den älteren war überwiegend die gleiche Trauer zu sehen, jedoch gab es welche, die sich zu kleinen Gruppierungen geformt hatten und zu den Schwarzen herüberschauten. Ich spürte die Verachtung, die sie pflegten. Wahrscheinlich wurden sie von ihren Eltern seit Monaten beeinflusst und können jetzt langsam ihrer

Gesinnung freien Lauf lassen. Dann blickte ich zu Jacques. Er stand alleine zwischen den ganzen weißen Kindern. Er hatte genauso wenig Freunde, wie ich. Im Prinzip hatten wir nur uns zwei. Also ging ich zu ihm. Ich überschritt die magische Trennungslinie. Mir war das egal. Je näher ich den Weißen kam, desto mehr schauten mich an, bis der Aufsichtslehrer seine Pfeife herausholte und kräftig hineinblies. Wir hatten vielleicht zehn Sekunden bis wir auseinander gerissen worden, doch schafften uns für nach der Schule hinter der Sporthalle zu verabreden. »So, Idrissa! Mitkommen!« - »Wohin?« - »Was glaubst du?« - Ich befand mich im Vorraum des Rektors und wartete die ganze restliche Pause. Als es klingelte, telefonierte er noch immer. Seine heuchlerische Stimme hatte, zu meinem Glück, keine Zeit für mich. »Idrissa«, sagte seine Sekretärin, »du kannst deine Eltern auf einen Anruf heute Abend vorbereiten!« - Ich ging zurück in die Klasse. Die furchtbare Madame Henry lachte mich schadenfroh an. »Und?« - »Er hatte keine Zeit!«, zwinkerte ich und sah zu, wie ihr Lächeln aus dem Gesicht verschwand.

Nach der Schule traf ich mich also mit meinem Freund Jacques. Ich zündete eine Zigarette an, die wir zusammen rauchten. »Mon ami, ich weiß nicht was los ist!«, sagte er verunsichert. »Die wollen uns trennen. Sie wollen, dass wir einen Hass aufeinander bekommen, falls der nicht sowieso schon besteht« - »Wie wollen die das bei uns schaffen«, lachte er. »Es wird eine schwere Zeit. Und falls du dich mit mir sehen lässt, kann das Auswirkungen auf dich haben. Verstehst du?« - »Mon frère, uns kann niemand auseinander bringen!« - Er reichte mir die Hand und wir umarmten uns. Es war unsere letzte Umarmung.

7

Als ich nach Hause kam, stand Papa vor dem großen Spiegel im Flur. Er trug einen eleganten Anzug. Mama hatte zwei Krawatten in der Hand und band sie ihm nacheinander um. »Welche gefällt dir besser?« - »Ich weiß nicht so recht« - »Cherié, du bist doch nicht aufgeregt?« - »Um ehrlich zu sein schon - ein bisschen« - »Ich glaube an dich, wir glauben an dich, die ganze Gemeinde glaubt an dich!« - »Papa, wohin gehst du?«, fragte ich neugierig. »Ich habe heute Abend einen Auftritt. Die Presse und das Fernsehen wird auch dort sein« - »Du bist im Fernsehen?« - »Ja, mein Sohn. Heute Abend läuft dein alter Herr im Fernsehen. Cool, nicht?« - »Mach sie fertig!«, grinste ich. »Idrissa, was war denn heute eigentlich in der Schule los?« - »Wieso? Hat der Rektor angerufen?« - »Ja« - »Papa, es war nicht so, wie du denkst!« - »Es ist alles gut! Du musst dich nicht verstecken! Du hast richtig gehandelt!« - »Heißt das, ich bekomme keinen Ärger?« - »Wofür? Wie soll ich dich bestrafen, für etwas, dass ich auch getan hätte – was das einzig richtige war?« - »Ja, irgendwie …« - »Du musst nur aufpassen, dass das nicht zu oft vorkommt. Schluck deinen Ärger runter. Das ist manchmal besser!« - »Danke, Papa!« - »Und jetzt hilf deiner Mutter in der Küche. Wir sehen uns heute Abend wieder!« - »Okay, Papa!« - Ich ging hoch, er aus der Tür. In der Küche dampfte und kochte es schon – diese herrlichen Düfte der Gewürze zogen in meine Nase hinein und ließen meinen Hunger größer werden, dann kam Mama. Wir kochten zusammen, und befanden uns in unserer eigenen, abgeschotteten, fabelhaften Welt. Ich war so froh, dass keine andere Frau als sie meine Mama war. Die Beste.

Nach dem Essen schaltete ich den Fernseher ein. Auf der Bühne stand irgendein Politiker und hielt seine Rede, im Hintergrund sah ich Papa, der nur darauf wartete, dass er an der Reihe ist. »Mama, Mama! Da ist Papa!« - »Bubu, ich komme!« - Der Politiker trat ab und Papa ging an das Rednerpult. Er begrüßte die Menschen, und hielt dann seine Rede. Ständig schaute er auf sein Skript und fühlte sich sichtbar unsicher, kam ins Stocken, zögerte, hatte Wortpausen. Papa blickte in die Masse und hielt einen Moment inne, zerriss das Skript und redete frei – flüssig und mit Power. Er sprach und erzählte und redete und erklärte und äußerte und kommunizierte und sprach. Regelrecht in Rage, ohne dabei aggressiv zu wirken, redete er sich. Ich war fasziniert. Was hatte dieser Mann – mein Papa – für eine Kraft? Schon dreißig Minuten stand er da oben und feuerte mit Argumenten in die Runde, bis ihm warm wurde, er die Krawatte lockerte, sein Jackett auszog und die Ärmel hochkrempelte. Es war noch kein Ende in Sicht, es gab noch zu viel, was gesagt werden musste. Mir fiel ein Satz ein, den er mir schon sehr oft gesagt hat und in jenem Moment passender denn je war. »Nur mit Blut, Schweiß und Tränen bezahlt man die Unendlichkeit, mein Sohn! Merke dir das!« - Und all diese Flüssigkeiten stoß er gerade aus. Wie stolz konnte ich sein, der Sohn eines solch ehrbaren Mannes zu sein. »Mama, schau dir das doch mal an. Das ist unglaublich! Wie er die ganzen weißen Politiker fertig macht! Er steckt sie komplett in die Tasche, nimmt ihnen ihren Wind unter den Flügeln, zerschmettert ihre Argumente. Sie haben keine Chance!«, freute ich mich. Wenn jemand etwas verändern konnte, dann Papa, dachte ich. »Bubu, schalten wir den Fernseher aus« - »Aber Mama, ich will Papa sehen!« - »Du sollst dir deine wunderschönen Gedanken nicht mit dieser ganzen Negativität verunreinigen!« - »Aber …« - »Nichts aber! Ich will dich doch nur beschützen!« - »Mama, du kannst mich nicht immer in Watte packen!« - »Aber ich kann es versuchen! Solange ich lebe, werde ich mich um dich kümmern und dich beschützen! Und das ganze hier tut dir gerade nicht gut!« - Sie hatte ja recht. Dadurch steigerte sich in meinem Inneren nur eine unnötige Wut und die wollte ich eigentlich gar nicht haben. »Ruf deinen Freund Jacques an. Vielleicht will er zu uns kommen, dann könnt ihr ein bisschen zusammen spielen« - »Mama, wir sind 18 Jahre!« - Sie lächelte. »Dann spielt ihr halt Videospiele oder hört

Jazz und erzählt euch Frauengeschichten!« - »Mama!«, empörte ich. »Was denn? Du hattest doch schon mal eine Frau, oder?« - »Ja … aber … ohhh!«, stöhnte ich und verließ den Raum. »Ganz wie der Vater!«, rief sie mir lachend hinterher.

Ich wählte Jacques' Nummer. »Allô?« - Es war seine Mutter. »Bonsoir, hier ist Idrissa!« - »Idrissa, wer?« - »Azikiwe. Idrissa Azikiwe. Ich bin Jacques Freund. Aus der Schule« - »Ach Idrissa! Weißt du eigentlich was du meinem Jungen für einen Ärger eingebrockt hast?« - »Ärger? Ich?« - »Ja, wer denn sonst? Ich bitte dich jetzt einmal höflich: Halt dich von meinem Sohn fern!« - Ich war geschockt und völlig perplex. »Ich … Ist Jacques da? Kann ich Jacques sprechen?« - »Nein, das kannst du nicht! Jacques ist nicht zu Hause! Ruf nicht mehr an!« - Aufgelegt. Wieder ging ich zu Mama an die Brust und ließ mich trösten. »Es wird schon alles wieder gut werden, Bubu!«

8

Schon am nächsten Tag wurden die Auswirkungen spürbar schlimmer. Auf dem Weg zur U-Bahn Station rempelten mich unzählige weiße Franzosen an. »Pass doch auf!«, riefen sie hinterher. Ich versuchte mir die Wut nicht anmerken zu lassen und lief weiter, auch auf die Beleidigungen reagierte ich nicht. In der U-Bahn gab es jetzt getrennte Sitzabteile. In der ersten Hälfte saßen nur Weiße, in der anderen nur Schwarze.

Unzählige Augen sahen mich unentwegt an. Als ich durch den Gang zu einem freien Platz ging, pöbelten sie, als sei ich persönlich Schuld an der angeblichen Misere Frankreichs, als sei ich der, der die ganze Schuld auf den Schultern trug und Bestrafung verdiene. Es war lediglich ein freier Platz zwischen den zusammengepferchten schwarzen Kindern. Ich sagte meinem Bruder, er solle seine Schwester auf den Schoß nehmen, ich blieb stehen. Die ganze Fahrt über schaute mich ein mittelalter Franzose mit dünnem Gesicht an. Ich versuchte ihn zu ignorieren, doch sein Blick bohrte direkt in mein Herz. Also schaute ich ihn an. »Was?«, schrie er mich an und spuckte mir dabei vor die Füße. »Was ist ihr Problem?« - »Mein Problem ist, dass ihr ganzen Nigger unsere Stadt versaut! Ihr zerstört sie regelrecht mit euren Attentaten, übersät die Straßen mit Ungeziefer!« - »Ungeziefer?« - »Na, ihr kriegt doch jedes Jahr ein neues Kind! Ihr vermehrt euch wie Ungeziefer!« - »Ich glaube sie haben keine Ahnung, was sie da reden!« - »Willst du mir dumm kommen?« - »Monsieur!« - »Bist du nicht der Sohn des Niggers, der gestern Abend im Fernsehen gehetzt hat? Der ununterbrochen davon redete, dass ihr, ach so armen Nigger, auch Menschen seid?« - »Was sind wir sonst?« - »Schmutz!« - Er spuckte mir erneut vor die Füße. Die anderen Weißen blickten mich widerwärtig an, die Schwarzen schauten auf den Boden, als bekämen sie nichts mit. Ihre blauen Gesichter waren von Furcht und Trauer durchzogen. »Sie sollten einmal nachdenken, was sie da reden!«, sagte ich. Dann griff er mich an meiner Jacke und drückte mich gegen die Wand. Die U-Bahn hielt an. Meine Schwester rief, dass wir hier raus mussten. Mein Bruder und ein anderer schwarzer Junge schubsten den Mann um, sodass ich mich befreien und wir herauslaufen konnten.

»Danke!« - »Keine Ursache! Ich glaube wir Schwarzen müssen in diesen Tagen zusammenhalten!« - »Da hast du Recht!« - Er ging in die andere Richtung, während wir das Schulgelände betraten. Auf dem Pausenhof sah ich Jacques, wie er mit anderen Weißen auf einer Bank saß. Wer war das? Er hatte doch sonst keine Freunde. Es waren jene Jungs, die gestern so abfällig zu uns Schwarzen herüber geschaut hatten. »Jacques!«, rief ich, doch er schaute mich nicht an. »Jacques!« - Ein verachtender Blick. »Jacques! Was ist los?« - Dann gingen sie weg. Der Zug mit meinem Freund Jacques war abgefahren. Jetzt hatte ich wirklich niemanden mehr, außer meine Familie. Meine Geschwister gingen schon hinein, ich blieb noch einen Moment – das war ein Fehler, denn kurze Zeit später kamen vier Weiße, die ein Jahrgang unter mir waren und schmissen mich von hinten, mit voller Wucht, um und lachten. »Guckt euch den an!« - Ich stand schnurstracks auf. »Was ist los, Nigger?« - Ihre Baguettegesichter platzten fast vor Verachtung. »Nenn mich nicht so!« - »Sonst was?« - Ich schubste ihn leicht – als Warnung, doch sie schubsten zurück und gaben mir einen Schlag auf den Hinterkopf, einen in die

53

Rippen, einen auf die Nase. Sie standen im Kreis um mich herum, doch ich stand auf. Als ich wieder vor ihnen stand, prügelte der Größte von ihnen mit voller Kraft auf meinen Kiefer. Ich war benommen, fing an zu bluten, doch stand wieder auf, aber es war zwecklos, denn sie warfen mich erneut auf den Boden, einer von ihnen setzte sich auf mich und schlug mir mehrfach ins Gesicht. Zum Abschluss nahmen sie mir mein Portemonnaie ab. Es ertönte der Schulgong, und sie sprinteten zur Eingangstür, als ich vor Schmerz auf dem Boden liegen blieb. Das Blut lief aus meiner Nase direkt über meine Lippen in den Mund – das sollte also meine Nahrung in den nächsten Wochen sein. Anstatt in den Unterricht, zu den verseuchten Radikalisten zu gehen, machte ich mich auf den Weg zu einem Ort, der mir immer Sicherheit spendete – egal wann.

Schon nach einem Tag war es fast unmöglich durch Paris' Straßen zu gehen, ohne dabei Gefahr zu laufen, hier und da beleidigt, erniedrigt oder geschlagen zu werden, zumindest wenn man die *falsche* Hautfarbe hatte. Ich ging in die Kirche. Es war zum Glück kein Gottesdienst um diese Uhrzeit, denn ich wollte alleine sein, alleine mit dem Herrn. In diesem Moment brauchte ich seine Nähe, seine alleinige Aufmerksamkeit. Ich bat ihn um Vergebung, dass ich ab und an zu impulsiv bin, nicht nachdachte; ich bat ihm um Vergebung, dass ich ab und an zu schwach war, mir der Mut fehlte, aber ebenso dankte ich ihm für alles, was ich hattee – meine Familie, weil ohne sie wäre alles so viel schwerer gewesen, und das schlimme war, dass es Menschen gab, die nicht so eine tolle Familie hatten, die Zusammenhalt weder auf der Straße, noch intern kannten und in diesen Zeiten auf sich alleine gestellt waren – auch für sie betete ich. Das war bei mir zum Glück nicht der Fall, dennoch flehte ich verzweifelt nach Antworten, nach dem Sinn. Ich wollte erörtern, warum das alles so passiert, wie es nun einmal passiert. Meine Verzweiflung wurde mit jedem verachtenden Blick größer. Was war überhaupt das Ziel Manon Duponts? Sie wollte die Schwarzen vertreiben, verbannen – das Land säubern, schon klar, aber warum? Die glaubten doch nicht ernsthaft, dass wir das Land ruiniert hätten, oder? Sie sind doch überhaupt der Grund, warum wir hier sind. Sie haben nämlich *unsere* Länder ruiniert, bekämpft und ausgeraubt – uns blieb doch gar keine andere Möglichkeit als Togo zu verlassen, genauso, wie es Millionen anderen Afrikanern ging. Will sie das Land für potentielle Flüchtlinge und Einwanderer unattraktiv machen? Sodass sie Frankreich gar nicht erst als Option in Betracht ziehen? Es ist ja legitim radikale Ausländer abzuschieben oder welche, die illegal hier sind, doch sie können nicht einfach die ganze Masse, zur Sicherheit, in, für sie fremde Länder verfrachten. Es war gerade einmal ein Tag vorbei und das alles hat schon solche Ausmaße angenommen. Wo sollte das noch hinführen?

9

Wieder kam ich also mit blutenden Gesicht nach Hause. Das Blut in meiner Nase, es war schon verkrustet und kratzte in der Nasenöffnung – ich pulte es auf dem Nachhauseweg ab –, hat einen Schleier über meine Wangen und Mund gelegt. »Bubu! Was haben sie dir schon wieder angetan?« - Mama stand im Foyer und hat mich erblickt, bevor ich mich waschen konnte. »Mama, es will nicht aufhören!« - »Mein Sohn, wir sind dazu geboren stark zu sein!« - »Ich kann ihnen aber nicht mehr die andere Wange hinhalten! Ich kann es nicht mehr! Es ist schrecklich! Es muss sich etwas verändern! So kann es nicht weitergehen!« - »Wir werden all das überstehen! Habe keine Angst, lasse Liebe in dein Herz und verbanne deinen Hass!« - Doch das funktionierte nicht. In der Nacht spürte ich Hass, tiefen Hass. Er überkam mich seit diesem Tag in jeder Nacht. Ich konnte die ganzen Ratten nicht mehr sehen.

Die nächsten Tage sollten aufregend werden. Meine beiden kleinen Geschwister gingen nicht mehr zur Schule, bis sich alles beruhigen würde. Mama hatte Angst um sie, dass ihnen etwas auf dem Weg oder in der Schule, trotz meiner Begleitung, passieren könnte, denn die Ratten waren überall – und sie waren hungrig. Also blieben die beiden jetzt zu Hause, dort, wo Papa kaum noch war. Ständig war er unterwegs, Tag und Nacht auf der Straße. Er wurde politisch noch aktiver, verteilte in der ganzen Stadt Flugzettel und Plakate, auf denen gegen die aktuelle Politik gehetzt wurde, sogar einen Radiosender, geführt von afrikanischen Franzosen, hat er gefunden, in dem er mehrfach am Tag für eine Stunde auf Sendung ging. Er warnte, er informierte, er predigte, er rief zu Aufständen auf … er nutzte jede Gelegenheit, um auf die Missstände aufmerksam zu machen. Papa war aktiv, hat für unsere Rechte gekämpft – schon immer, dass er sich aber als wahrer Menschenrechtsaktivist entpuppt, damit hatte ich nicht gerechnet. Die ganze Angelegenheit war ihm so wichtig, dass er nur noch nach Hause kam, um zu schlafen. Er bat uns zwar um Verständnis, wir würden es später schon verstehen und er würde es nur für uns, für unsere Zukunft so handeln, doch irgendwie hatte ich Angst, dass er zu weit ging. Wie viele Menschen seines Kalibers wurden unter mysteriösen Umständen einem Verbrechen zum Opfer?

Mama war es, die in diesen Tagen die Familie zusammen hielt. Ohne sie wären wir in dieser Stadt, wie in einem Moor, versunken. Wenn ich Papa sah, dann war es die meiste Zeit über den Fernseher, wie er wütend auf der Bühne auf und ab ging, mit den Armen fuchtelte und predigte und predigte. Die Gemeinde liebte ihn, sahen Hoffnung in ihm – Hoffnung, die sie schon lange nicht mehr hatten. Sie glaubten, Papa könnte etwas bewegen, die Wogen glätten. Zinédine Azikiwe war schon jetzt ein Held, eine Art lebende Legende, die sich dem Zorn der Regierung stellte und unweigerlich weiter protestierte. Er wurde das Gesicht der Bewegung. Wenn jemand an die Aufstände zurückdenkt, hat er das Bild meines Papas im Kopf. Graffiti, die meinen Vater porträtieren, zierten die Gebäude unseres Viertels, sein Name wurde stadtbekannt und somit wurden auch wir – wurde auch ich – stadtbekannt.

Eine Woche war mittlerweile vergangen. Das Wochenende war vorüber, ich hatte mich erholt und beruhigt. Als ich mich am Montag durch den gefährlichen Großstadtdschungel zur Schule kämpfte, bin ich, bis auf ein bisschen Spucke und ein paar Beleidigungen, unversehrt geblieben. Ich wollte mich nicht verstecken, doch als Sohn des Kopfes der Bewegung, stand ich mehr im Fadenkreuz der dreckigen faschistischen Weißen, als sonst jemand, also habe ich mir angewöhnt einfach als letzter in die Klasse zu kommen, damit der Pausenhof und die Korridore frei von den Ratten war. Der Unterricht hatte bereits seit zwei Minuten begonnen und Madame Henry unterrichtete schon. Als ich die Tür öffnete, sahen alle Augen auf mich. »Idrissa! Was machst du hier?« - »Excusez-moi, Madame Henry!« - »Nein, was du hier machst?« - »Ehh, ich bin zu spät. Es tut mir leid!«, sagte ich und ging zu meinem Platz. »Ich glaube du verstehst nicht. Du wirst hier nicht mehr geduldet!« - »Was?« - Ich war erschrocken. »Was meinen Sie?« - »Dir ist es ab sofort verboten die Schule zu betreten! Wusstest du das nicht?« - Wie hätte ich das denn bitte wissen können? »Verlasse jetzt den Raum und das

Gelände! Oder soll ich die Polizei rufen?« - »Nein, ich gehe!« - Bevor ich die Tür schloss, sagte Madame Henry zur Klasse, dass sie endlich diese schmutzige Bazille – mich – los sei. Ich und meine terroristische Familie, sagte sie. Ich ging zurück in den Raum. »Wissen Sie was, Henry? Sie haben keine Ahnung! Ich hoffe Sie werden elendig sterben! Ich hoffe, sie bekommen Krebs und leiden, schaffen es ihn zu besiegen, freuen sich ein halbes Jahr und werden dann erneut von einem Tumor befallen, denken leichtfertig, dass Sie, die ach so unberührbare Madame Henry, auch diesen lästigen Tumor, wie einen armen Flüchtling vertreiben, besiegen können, es aber nicht schaffen und einem langsamen, qualvollen Tod sterben – alleine! Ich weiß genau was mit ihrer Tochter ist, Henry! Man erzählt es sich auf der Straße! Grüßen Sie mir ihren Schwiegersohn und ihren Enkel, die sollen ruhig mal in mein Viertel kommen, ich gebe ihnen einen Rabatt beim Obsthändler. Was für eine Schande muss es für Sie sein? He? Einen Nigger als Enkel! Sie widerlicher Mensch! Sie verdienen nur das Schlechteste!« - Ich spuckte ihr vor die Füße. »Und an alle, die sich die Schikane, egal ob von dieser Ratte oder von irgendeiner anderen weißen Ratte, gefallen lässt, ist mindestens genauso ehrenlos!« - Ich verließ die Schule. Was sollte jetzt aus meinem Traum vom Medizinstudium werden? Egal, ich hatte andere Probleme.

Also kam ich schon früh am Tag nach Hause. Mama

war auch schon da, Papa ebenso. Sie saßen im Wohnzimmer. Papa versuchte sie zu beruhigen, doch Mama hörte nicht auf zu weinen. »Mama, was ist passiert?« - »Sie haben mich nach Hause geschickt, Bubu!« - »Mich auch!« - »Das ist doch alles verschwindelt! Die verbieten euch das meinetwegen!«, fluchte Papa, der schon seit dem ersten Auftritt nach der Wahl seinen Job als Busfahrer verlor. »Es ist zu spät, Cherié. Meinen Beruf als Ärztin kann ich vergessen. Du musst mir eins versprechen, du darfst nicht aufgeben! Es ist zu spät, um aufzuhören – zu viel ist passiert! Ab jetzt geht es nur noch nach vorne, nicht zurück! Versprich mir, dass du sie alle fertig machst!« - »Ja, Papa! Wir machen sie fertig!« - »Wir? Du kümmerst dich um deine Mutter! Du sorgst für sie, du kümmerst dich um sie. Das ist ab jetzt deine Aufgabe, compris?« - »Compris, Papa« - »Wir lassen uns nicht unterkriegen! Danke für eure Unterstützung!«

Die ganze Familie war nun beschäftigungslos. Während Papa auf der Straße kämpfte, vertrieben wir uns die Zeit mit Gesellschaftsspielen, gemeinsamen Kochen oder Vorlesen aus urigen Märchen. Gott sei Dank hatten wir ein wenig Erspartes, da Mama gut verdiente, und dazu kamen ja noch Sozialleistungen, wie Kindergeld und demnächst auch das Arbeitslosengeld. Rückblickend waren diese Tage mit Mama und meinen Geschwistern, in denen sich auch Papa öfter blicken ließ, in denen wir diese traute Vielsamkeit hatten, in denen wir in unseren eigenen vier Wänden nur das taten, was uns wirklich glücklich machte, die besten Tage. Es war so gemütlich, wenn wir vor dem Kamin saßen, alle unter einer Decke gekuschelt, und Mama uns Geschichten von früher erzählte, wie sie Papa kennenlernte, wie sie heirateten, wie sie unser Heimatland besuchten, und in jedes Fettnäpfchen traten, jeden touristischen Fehler begangen und schon nach wenigen Minuten bemerkten, dass sie eigentlich total fremd waren. Sie sahen zwar togolesisch aus, waren es aber keineswegs – höchstens zu fünf Prozent.

10

Eine weitere Woche ist vergangen, in der unzählige Schaufensterscheiben zu Bruch gingen, in der unzählige Autos angezündet wurden, in der sich die Spirale enger und enger formte und sich der Schaden mit jedem geschmissenen Stein schneller ausbreitete und um ein vielfaches verstärkt wurde. Es war noch früh, selbst Papa schlief noch, da klingelte es an der Tür. Papa zog sich einen Morgenmantel an und öffnete. Ein großer dünner, weißer Mann mit starkem Gesicht, in kompletten schwarz, auch sein langer Mantel, der bis zu den Füßen ging, war pechschwarz, stand mit zwei Polizisten in der Tür. »Zinédine Azikiwe? Ich bin Monsieur Morel« - Er hielt ein Formular vor Papas Gesicht. »Hiermit habe ich das Recht ihre Wohnung zu betreten und zu überprüfen!« - »Überprüfen?« -

»Gehen Sie bitte aus dem Weg!« - Papa stellte sich in die Tür, sodass der Mann nicht eintreten konnte. »Monsieur, machen Sie es nicht schlimmer, als es ist!« - »Was fällt Ihnen ein?«, schrie Papa. Das war der Zeitpunkt, als auch wir uns anzogen und ins Foyer kamen. »Bitte entfernen Sie diesen Mann aus der Tür, damit ich die Wohnung besichtigen kann!«, richtete sich Monsieur Morel an die Polizisten. Sie packten Papa an die Schultern und zerrten ihn weg. Es wurde laut, Papa schrie, ich schrie, meine beiden kleinen Geschwister schrien sowieso, nur Mama weinte. Ich lief zu den Polizisten und trat ihnen gegen die Schienbeine! »Das ist Gewalt gegen die Staatsgewalt, kleiner Junge!«, warnte er mich. »Idrissa, schon gut, lass sie«, versuchte er mich zu entschärfen. »Okay, lassen Sie mich los. Ich verspreche, ich werde nichts machen« - »Na, geht doch, Monsieur Azikiwe!«, sagte er mit gefälliger Stimme. »Also, was wollen Sie?« - Monsieur Morel ging begutachtend durch das Foyer und redete, ohne Papa dabei anzuschauen. »Sie wissen vielleicht, dass es neue Gesetze gibt, und wie Sie sicherlich bemerkt haben, sind die nicht gerade zu Ihrem Vorteil« - Er ging ganz nah an Papas Gesicht und grinste hämisch. »Folgendes, das ganze wird kurz und schmerzlos. Ich prüfe jetzt ihre Wohnung auf Wertgegenstände. Sie haben laut Gesetz nur noch Anspruch auf ein paar Dinge, alles, was zu viel Luxus bedeutet, wird armen französischen«, sein Blick wurde ernster und eindringlicher, »Bürgern, die es nicht so gut geht, gespendet!« - »Das dürfen sie nicht!«, lachte Papa ungläubig. »Dann lesen Sie sich das Formular genaustens durch!« - »Aber ich habe dafür gearbeitet, ich habe es mir verdient!« - »Sie haben sich gar nichts verdient, Zinédine! Sie haben armen französischen Bürgern den Job weggenommen und sind auf deren Rücken zu diesem Wohlstand gekommen!« - Monsieur Morel ging mit den Polizisten durch die Wohnung. »Sie warten lieber hier!« - Nach zehn Minuten kamen sie wieder, mit Gegenständen in den Händen, darunter der Schmuckbaum meiner Mama, ein teures Gemälde, welches Papa als Silberhochzeitgeschenk für Mama kaufte, der DVD-Player und etliche andere Dinge, die noch auf ihre Arme gepasst haben – am schlimmsten aber war es, als ich meinen geliebten Schallplattenspieler entdeckte. »Bitte, lassen Sie ihn mir, bitte!«, bettelte ich. »Wenn du den ganzen Tag Musik hörst, verschwendest du den Tag!«, versuchte er mich zu belehren. »Das kann doch nicht angehen!«, schrie Papa erneut, sah aber ein, dass er die Männer nicht aufhalten konnte. »Und wie das angehen kann. Hier ist eine Liste«, er drückte sie Papa auf die Brust, »mit Dingen, die im Laufe des Tages abgeholt werden. Stellen Sie sicher, dass die benannten Gegenstände im Haus sind, ansonsten bekommen Sie rechtliche Schwierigkeiten! Kommen Sie nicht auf dumme Gedanken!« - »Sie sind ein Schwein!« - Papa spuckte ihn ins Gesicht. Er ging wieder ganz nah vor Papa und redete mit leiser und starker Stimme, während die

Spucke von seiner Stirn auf die Wange tropfte. »Ich sage Ihnen jetzt mal was ganz informell. Die Geschichte ist noch nicht zu Ende. Es handelt sich nur noch um Tage, bis es offiziell wird, dann können Sie ihre Sozialleistungen, ihr Arbeitslosengeld und jeglichen Luxus vergessen; Arbeit und Studium können sie abschreiben und ebenso Obst verkaufen, wie die anderen Nigger!« - »Ich brauche eure Almosen nicht! Ich bin nicht auf euch angewiesen!« - »Ach ja? Dann würde ich Ihnen schleunigst dazu raten, einen Blick auf ihr Konto zu werfen!« - »Tonya! Hol mein Smartphone!« - Sie brachte es, er schaute in seinen Online-Banking-Account. »Es ist weg …«, sagte Papa fassungslos. »Es ist alles weg!« - »Wie, es ist weg?«, fragte Mama überfordert. »Sie mieses …« - Papa sprintete zu Monsieur Morel und schlug ihn nieder. Die Polizisten rissen ihn herunter, Morel richtete sich auf und klopfte den Staub von seinem Mantel. »Sie mussten ja unbedingt den Helden spielen, Zinédine! Das wird Ihnen noch leid tun! Es wird jeden leid tun, der sie unterstützt hat!« - Er setzte seinen Hut auf. »Schönen Tag noch, Nigger!« - Das war der Tag, an dem wir alles verloren und wir nichts außer unserer Würde hatten, die uns langsam, wie durch ein gelecktes Rohr, verließ.

Aufgrund unseres Nachnamens, der mittlerweile so bekannt und so verpönt war, ist es Mama nicht gelungen eine neue Stelle zu finden. Als Ärztin sowieso nicht, jedoch auch nicht als Teilzeitbeschäftigte in anderen Geschäften, mich stellte ebenso niemand ein. Einzig der Kiosk unter unserem Haus bat an, uns zu helfen. Kylian, der Besitzer, war ein alter, dicker schwarzer Mann mit weißen Bart und weißen Afro. Er war ein Freund unserer Familie und fühlte sich meinem Vater gegenüber verpflichtet, etwas zurückzugeben. »Ich habe davon gehört«, meinte er, als er Papa auf der Straße traf, »wenn du willst, können deine Frau oder deine Kinder bei mir arbeiten. Wer hinter dem Tresen steht, ist mir relativ egal, Hauptsache er ist besetzt« - Da Papa keine Zeit hatte, wechselten Mama und ich uns ab. Vormittags befand sie sich im Laden und kassierte die Waren der wenigen Leute, nachmittags tat ich es. Es war nicht viel, was wir dadurch verdienten, aber wenigstens etwas und außerdem zog sich der Tag somit nicht wie Gummi, eingesperrt in den immer gleichen Wänden.

11

Dieser Tag war ein großer Tag, ein bedeutender Tag – es war der Nationalfeiertag Frankreichs. Ganz Paris, jedes einzelne Arrondissement, jedes einzelne Viertel, jede einzelne Straße, jedes einzelne Haus, jedes einzclne Fenster, jede einzelne Tür, jeder einzelne Baum, jeder einzelne Strauch, waren in den Farben Frankreichs geschmückt. Die gesamte Champs-Élysées war so aufwändig und atemberaubend in Blau, Weiß und Rot gedeckt, dass, wenn man sie entlang ging, regelrecht von der Magie Frankreichs umhüllt wurde; dass, wenn man die lange Straße passierte und am Arc de Triomphe ankam, welches vor patriotischer Mächtigkeit nur so strahlte, sich am Ziel, am Ziel der Identität, der französischen Identität, angekommen fühlte. Auch der Eiffelturm wurde in den Farben eingehüllt. Ganz Paris kannte an diesem Tag nur die tricolore. Überall waren Essensstände und Getränkewagen aufgebaut, die Baguettes und Wein umsonst herausgaben. Es feierte die ganze Stadt. Musik hallte von einer Bühne zur nächsten. Wenn ich weiß gewesen wäre, hätte das einer meiner schönsten Tage des Lebens sein können, denn ich war, wenngleich nicht vom Äußeren, im Inneren, von Scheitel bis zur Sohle ein wahrhaftiger Franzose, der sein Land liebt, wie seine eigene Familie … – doch es wurde der schlimmste, grauste und tristeste Tag – nein, schlimmer, viel schlimmer – so schlimm, dass der Superlativ mit den stärksten Adverbien nicht ausreichte, um diesen Tag zu beschreiben, es reichen nicht die Worte, dass ich das Gefühl vermitteln kann – ich verlor alles, alles, was mir am Herzen lag – es war der Tag, an dem ich mein Lächeln endgültig und für immer, bis in alle Tage verlieren sollte, ich sollte nie wieder – nie – glücklich werden, bis ich sterbe. Wenn ich bis dato jeden Abend geweint hatte, brachen ab nun Wasserfälle über mich ein, die mir das Wasser bis unter mein Kinn trieben. Ich versuchte mich zu ertränken, das Wasser war aber nur so tief, dass ich litt, mich jedoch nicht erlösen konnte.

Ein großer Tag für Frankreich also, doch es war auch ein großer Tag für Papa. Zwischen den ganzen weißen Konzerten, Reden, Ständen, war auch eine Bühne für die Schwarzen-Bewegung bereit. Das Motto war Frieden. Mehrere Musiker sollten dort auftreten und mittels ihrer Lieder, für den Frieden, die Versöhnung zwischen Schwarz und Weiß predigen. Papa wurde eingeladen, vor dem Beginn des Konzerts eine Rede zu halten. Eine halbe Stunde durfte er füllen, er wurde lediglich darum gebeten, nicht so auszuarten, wie bei seinen anderen Auftritten. Papa fühlte sich geehrt, denn er hatte noch nie vor so vielen Menschen geredet, somit konnte er eine Menge Menschen – die Situation spitzte sich von Tag zu Tag weiter zu – erreichen, und darüber freute er sich. Vielleicht, dachte er, könnte er auf dieser Bühne endlich etwas Bewegendes erreichen, dementsprechend war er aufgeregt und nervös – nervös, dass er Gefahr läuft sich in Rage zu reden. Die Aktion mit Monsieur Morel saß ihm noch immer tief im Nacken, dass es einfach legitim war, alles abgeben zu müssen, egal ob Gegenstände oder das gesamte Guthaben auf dem Konto.

An jenem Tag wollte meine ganze Familie mitkommen, wir hatten Papa noch nie live gesehen, immer nur im Fernseher, doch ich war schon seit einigen Tagen krank, lag mit einer schweren Grippe und starkem Fieber im

Bett. Mama wollte bei mir bleiben, ich sagte aber, dass sie unbedingt mitgehen solle, sie müsse Papa an seinem großen Tag unterstützen. So schick wie sie heute aussahen, habe ich sie noch nie gesehen. Mama trug ein schlichtes schwarzes Kleid, meine kleine Schwester hat sich Zöpfe geflochten, mein kleiner Bruder trug ein Hemd und eine Fliege – sie sahen so süß aus. Ihre Augen strahlten vor Vorfreude. Papa trug ebenfalls einen eleganten Anzug, mit einer Krawatte in den Farben Frankreichs. Ich verabschiedete mich von ihnen, wünschte ihnen viel Spaß, bat Papa, dass er alles gibt und die Masse überzeugen müsse und versprach, dass ich alles vor dem Fernseher beobachten und ihm die Daumen drücken würde, an ihn glauben würde.

Sie gingen zum Auto, meine Geschwister setzten sich auf die Rückbank, Papa auf den Fahrersitz. Mama öffnete die Tür, als ihr einfiel, dass sie die Kamera vergessen hatte – zum Glück befand sie sich damals, als Monsieur Morel da war, im Fotoladen, zum Reparieren. Sie wollte diesen Tag, seinen bedeutendsten Auftritt festhalten und für alle Zeit unvergesslich machen, der Tag, der als Meilenstein in die Geschichte eingehen sollte, doch er sollte auch ohne Kamera unvergesslich werden. »Cherié, einen Moment noch, ich bin gleich wieder da!« - »Beeil dich, wir haben keine Zeit. Ich wende den Wagen« - »Nein, Cherié, warte doch kurz. Lass den Wagen nicht unnötig laufen, diese Welt ist schon grausam genug, da musst du sie nicht noch zusätzlich verpesten. Die zwei Minuten haben wir auch noch!« - Mama dachte selbst in dieser Zeit noch an das Gute. Sie hatte das reinste Herz. Als sie die Kamera holte und erneut in mein Zimmer kam, um mir einen weiteren Abschiedskuss zu geben, sah Papa aus dem Autofenster. Ein wunderschöner, tiefschwarzer Schmetterling umtanzte das Auto. Er flog so frei, so unbeschwert, als hatte er keinerlei Last auf den Schultern. Solch ein Schmetterling war ungewöhnlich für die westliche Zone, er muss einen weiten Weg hinter sich haben, aus einem fernen Land – so wie meine Familie. Der fabelhafte Schmetterling tanzte und flog, flog und tanzte, bis er abrupt sank. Sein Flügel schien verletzt zu sein. Er knallte auf den harten gepflasterten Boden und starb nach kurzem Kampf gegen die Schmerzen. Während Papa den Tod des fernen Schmetterlings beobachtete, verließ Mama wieder die Wohnung. Im Innenhof angekommen, öffnete sie das Tor, damit sie herausfahren konnten. »Wir können fahren, Cherié!«, rief sie. Mama ging auf das Auto zu, Papa sah das offene Tor, sah seine Frau im Seitenspiegel, sah seine Kinder im Rückspiegel und drehte den Zundschlüssel um.

…

Noch nie in meinem Leben habe ich so einen lauten Knall gehört. Ich lief zum Fenster. »Mama!!!« - Mir fehlten die Worte. Ich lief herunter. Mit jeder

69

Treppenstufe schwand mir mehr Kraft, bis ich auf den letzten Stufen zusammensackte und hinfiel. Als ich die Tür zum Innenhof öffnete, traute ich meinen Augen nicht. Mama lag blutüberströmt auf dem Boden, ihre Kleider brannten noch. Ich zog meine Jacke und mein Shirt aus, wickelte Mama darin ein und rollte sie auf dem Boden hin und her, damit die Flammen erstickten, dann kniete ich mich vor ihr hin, nahm ihren Kopf in meine Hände und schaute sie an. Meine Tränen haben nicht aufgehört nasser und nasser zu werden. Ihr ganzes Gesicht war verbrannt und entstellt. Durch den lauten Knall, den Schock und die starken Schmerzen muss sie das Bewusstsein verloren haben, sie bewegte sich nicht. Ich hielt sie in meinen Armen – noch nie spürte ich so eine Trauer … Mama … meine geliebte Mama … Während mein Kopf ganz dicht neben ihrem lag, flüsterte sie in mein Ohr. »Papa … die Kinder …« - Ich sah auf den Wagen, der langsam vor sich ausbrannte. Retten wollte ich sie, doch dafür war es längst zu spät. Ihre Körper waren schon verkohlt. Sie befanden sich genau in der Haltung, wie sie saßen, als Papa den Schlüssel umdrehte – sie sind also sofort, wahrscheinlich und hoffentlich ohne Schmerz, gestorben. Es machte absolut keinen Sinn den Brand zu löschen, ich hätte es ja doch nicht geschafft, auch hätte es keinen Sinn gemacht die Feuerwehr oder einen Krankenwagen anzurufen, sie konnten meine Familie nicht wieder lebendig machen. Einen letzten Blick warf ich auf meinen geliebten, immer kämpfenden, stolzen

Vater, meine zwei Engel von Geschwister und rannte aus dem Innenhof, schlug die Scheibe des nächsten Autos ein, schloss es kurz – das lernte man also auf den afrikanisch-französischen Straßen – und fuhr in den Hof, legte Mama auf die Rückbank und raste mit voller Geschwindigkeit zum nächsten Krankenhaus. Es war ein Sinnbild dieser Zeit. Während die weiße Bevölkerung ihren Nationalfeiertag, zusammen in Gemeinschaft zelebrierten; in den Palästen, den Sälen, den pompös geschmückten Straßen – fuhr ein kleiner afrikanischer Junge oberkörperfrei, in eisiger Kälte, in einem geklauten Auto, ohne sich an irgendwelche Regeln zu halten durch die engen Gassen, weil seine Familie einem Attentat zum Opfer gefallen ist – keiner bekam es mit, keinen interessierte es.

12

Ich hörte ein Piepen. Als ich die Augen öffnete, erblickte ich einen weißen Raum. Geräte. Eine Frau, komplett bandagiert, lag neben mir im Bett und hing an einem Tropf – es war Mama. Nur ihre Augen, ihre Nase und ihr Mund waren freigelegt. Eine schwarze Krankenschwester im mittleren Alter betrat den Raum. »Salut, Idrissa!« - »Was ist passiert?« - Für einen kurzen Moment habe ich alles vergessen … habe ich zum Glück alles vergessen, doch die Frau klärte mich auf. »Als du deine Mama hergebracht hast, bist du zusammengebrochen. Du hast hyperventiliert und dein

Bewusstsein verloren!« - »Mama!«, stoß ich aus. »Deine Mama wird schon wieder!«, beruhigte sie mich. »Bubu!«, sagte sie leise und schwach. »Mama!« - »Es wird alles gut werden! Mach dir um mich keine Gedanken!«, sagte sie mit schwacher Stimme. »Aber Mama!« - »Du weißt doch, dass wir Kämpfer sind, oder? Komm und gib deiner Mama einen Kuss!« - Ich ging zu ihr, nahm ihre Hand und küsste sie. »Es ist jetzt Zeit, dass du ein richtiger Mann wirst! Papa ist nicht mehr da! Du bist jetzt der Mann im Haus!« - »Mama!« - Ich hatte Angst. »Ich … ich kann das nicht …« - »Hat dir dein Papa einmal gezeigt, dass etwas unmöglich ist? Du musst jetzt stark sein! Stärker, als du jemals warst!« - »Ich sollte auch in dem Auto sitzen«, sagte ich und brach in Tränen aus. »Denke nicht darüber nach, Bubu. Du darfst nicht darüber nachdenken!« - »Idrissa«, unterbrach die Krankenschwester, »deine Mama brauch jetzt viel Ruhe!« - »Bubu! Bleib noch einen Moment, bis ich eingeschlafen bin!« - »Ich bleibe die ganze Nacht hier, Mama!« - Sie schloss die Augen und schlief ein. Wenig später schlief auch ich ein.

Als ich den nächsten Morgen aufwachte, unterhielt sich Mama mit der Krankenschwester. »Madame Azikiwe, ich muss Ihnen etwas sagen«, sie kam etwas näher zu Mama und sprach leiser. »Ich bewundere ihren Mann, bewundere wofür er gestorben ist. Mein Mann und ich waren Unterstützer, haben Geld gespendet, haben seine Reden besucht. Wenn es mir irgendwie möglich ist

72

Ihnen zu helfen, so werde ich es tun!« - »Madame, wie heißen Sie?« - »Camillé« - »Und ihr Mann?« - »Hugo« - »Hugo Laurent?« - »Oui, Madame!« - »Zinédine hat von ihm erzählt. Nenn mich Tonya!« - »Danke Madame Tonya!« - »Lass das Madame, Camillé. Ihr Mann ist ein angesehener Anwalt, richtig? Zinédine hat von ihm erzählt, wie er jeden Monat einen Scheck ausstellte, damit sie ihr Programm finanzieren konnten. Sag mir, warum dürfen du und dein Mann noch arbeiten?« - »Mein Mann hat gute Verbindungen nach Versailles, deswegen dürfen wir noch arbeiten – mehr aber auch nicht. Hör zu«, fuhr sie aus, »du wirst hier nur die dürftigste Behandlung bekommen, aber ich werde alles tun, damit dein Aufenthalt und deine Heilung so angenehm wie möglich verlaufen!« - »Danke, Camillé! Ich danke dir vom Herzen!« - »Das ist das Mindeste! Was dein Mann für uns, für uns alle getan hat, das lässt sich mit keiner Tat ausgleichen! Wenn du irgendetwas brauchst, so sage es mir!« - »Madame Camillé«, unterbrach ich ihr Gespräch, »wie sieht es mit Mama aus? Wird sie wieder gesund?« - »Ja, Idrissa, sie wird wieder gesund!« - »Und ihr Gesicht?« - Stille. »Sag es nicht, Camillé!«, wendete Mama ein. Camillé sah auf den Boden und schüttelte mit dem Kopf. Mama brach in Tränen aus – genauso wie ich. Dieses schöne, hübsche, wundervolle Gesicht sollte nie wieder so bezaubernd sein. Ich war wütend, Hass staute sich in mir an, so viel, dass er meinen Körper verlassen musste, indem ich gegen den Fernseher schlug und meine Hand auf der Rückseite wieder durch kam. »Idrissa!«, schrie Mama. »Diese Mistkerle!« - Eine ungeheure Wut zirkulierte durch meine Venen. »Es wird schon wieder werden!« - »Nichts wird werden! Hast du sie nicht gehört? Dein Gesicht wird für immer vernarbt sein!« - Ich blickte aus dem Fenster auf den Park, auf die weißen fröhlichen Menschen, die dort spazierten, als bekämen sie nichts von der Parallelwelt mit. Wasserfälle.

Zum Glück hatten wir Camillé als Krankenschwester. Sie war eine Verbündete, die nicht so grob war, wie eine weiße Krankenschwester gewesen wäre – im Gegenteil, sie kümmerte sich um uns, als seien wir Familie. Endlich zahlte sich der Mut Papas aus. Es war also nicht unbedeutend, was er tat. Die Gemeinde und Menschen weit darüber hinaus, liebten ihn, verehrten ihn – wie einen Gott.

In den nächsten Tagen, Mama musste eine Weile im Krankenhaus bleiben, versuchte ich das Leben zu meistern. Ich pendelte zwischen Wohnung und Krankenhaus. Tagsüber arbeitete ich weiter im Kiosk, denn ich musste genug Geld verdienen, um die Krankenhausrechnung zu zahlen. Jeden Abend und jede Nacht war ich bei Mama, bis ich morgens früh aufbrach. Kylian, der Kioskbesitzer, fühlte sich, als müsse er uns etwas unterstützen, also gab er mir pro Stunde fünf Franc mehr. Im Innenhof stand noch immer der ausgebrannte Wagen. Jedes Mal, wenn ich ins Haus ging, wurde ich an diese grausame Tat erinnert.

Zwei Wochen waren vergangen. Ich befand mich in der Wohnung, um einige Dinge für Mama zu holen, als es an der Tür klingelte. Der riesige Monsieur Morel stand vor mir. »Bonjour, Idrissa!«, zwinkerte er mich an. Widerwärtig. »Was wollen Sie?« - »Ich bin hier, um dir zu sagen, dass ihr eure Wohnung räumen müsst!« - »Das könnt ihr gar nicht! Das ist unser Eigentum!« - »Jetzt nicht mehr!« - »Sie verstehen nicht, wir haben diese Wohnung vor Jahren gekauft!« - »Das ist mir egal und das ist der Regierung egal! In dieser Wohnung ist viel zu viel Platz für dich und deine Mami!« - Ich explodierte fast. »Und da dein Papi und Schwesti und Brudi auch euch verlassen haben, braucht ihr nicht mehr so viel!« - Er stützte seine Hände auf die Knie und ging so dicht vor mein Gesicht, wie er es damals bei Papa tat. Ich erinnerte mich an seinen damaligen Besuch und schlug ihn, genauso wie Papa, nieder – ich versuchte es zumindest, doch ich war nicht so stark wie er. Morel hielt meine Arme fest und lachte. »Was wird das hier?« - »Sie mieses …« - »Nun mal halblang! Was kann ich denn dafür, dass dein dummer schwarzer Vater so ein Nichtsnutz ist und euch im Stich lässt?« - »Ihr! Ihr seid doch der Grund, warum er nicht mehr hier ist!« - »Wie auch immer, hier werden nächste Woche Franzosen, die es verdient haben, einziehen. Du hast sieben Tage Zeit, deine Sachen zu packen!« - »Ich werde auf keinen Fall gehen!« - »Das würde ich mir überlegen! Oder soll ich Mami einen Besuch abstatten?« - »Raus!« - Er ging, wie er kam – mit einem Zwinkern – Pardon, mit einem widerwärtigen Zwinkern.

13

Diese Nacht schlief ich ausnahmsweise in der Wohnung, ich musste den nächsten Tag früh arbeiten und mir überlegen, wie ich Mama das mit dem Auszug erklären sollte. Ich schloss den Laden um 6 AM auf, machte mir einen Espresso und las die Tageszeitung. Kurze Zeit später ertönte die Türglocke. Ich setzte die Tasse ab und blickte über die Zeitung und bekam einen Schock. Drei Männer, in schwarz gekleidet und Pistolen in der Hand, stürmten herein und liefen direkt auf mich zu, so schnell, dass ich nicht einmal den alten Revolver unter dem Tresen hervorziehen konnte. Wäre ich nur eine Sekunde schneller gewesen, wäre die Situation ganz anders gelaufen – ist sie aber nicht. Die drei Männer trugen Masken mit dem Gesicht meines Vaters. Sie zogen mich über den Tresen und schlugen mich brutal zusammen. Jede Stelle meines Körpers bearbeiteten sie, vom Kopf bis Fuß donnerten sie auf meine Knochen, donnerten so oft in mein Gesicht, dass mein Schneidezahn abbrach. Dann verwüsteten sie den Laden, schmissen die Postkartenständer und Zeitungsregale um und verließen ihn, ohne irgendetwas zu klauen. »Schönen Gruß an Mami!« - »Mami«, wiederholte ich leise. »Mami« - Dieses Wort ging mir nicht aus dem Kopf und erinnerte mich immer wieder an Morel, der das gleiche am Vorabend gesagt hatte. Ich lag auf dem Boden, alles ging so schnell, war so surreal. Hatte ich nur geträumt? Das Blut sagte nein. Nur eine Sekunde und ich hätte einen von ihnen erschießen können. Ich wusste nicht, ob ich dazu in der Lage gewesen wäre, aber ich hätte es gerne getestet.

Abends ging ich ins Krankenhaus, um Mama über den Besuch Morels zu informieren, damit sie mir sagen kann, was ich machen soll, denn, obwohl ich jetzt der Mann war, war sie der Kopf unserer Familie. »Mein Bubu! Wie siehst du denn aus?« - »Mama, ich wurde überfallen!« - »Wo? Im Kiosk?« - »Ja« - »Mon dieu! Was kommt als Nächstes?« - »Das kann ich dir sagen, Mama. Erinnerst du dich an Monsieur Morel?« - »Oh, hör mir auf mit dem!«, winkte sie ab. »Er war in unserer Wohnung!« - »Was?« - »Oui!« - »Was wollte er?« - »Wir müssen die Wohnung verlassen!« - »Das gibt es nicht!« - »Mama, wir haben weniger als eine Woche!« - »Bubu«, sagte sie und machte eine kurze Pause, »geh jetzt, Mama muss nachdenken!« - »Aber Mama, was willst du machen?« - »Ich weiß es nicht!« - »Ich sage dir eins: Hier werden wir nicht mehr glücklich!«, musste ich leider zugeben. »Was willst du damit sagen?«, fragte sie. »Du weißt, was ich meine!« - »Ich verlasse Frankreich nicht kampflos!« - »Mama!«, schrie ich, »schau dich doch einmal an! Schau mich an!

Guck, was sie mit uns machen! Glaubst du sie werden aufhören? Das ist gerade einmal der Anfang!« - »Geh jetzt!« - Ich ging.

Nachdem ich weg war, bat Mama Camillé herein und erzählte ihr die ganze Geschichte. Angefangen bei dem Abend vor der Wahl, wie Idrissa zusammengeschlagen wurde; nach der Wahl, wie Zinédine zusammengeschlagen wurde, wie sie jeden Tag schikaniert wurden – wobei auch Camillé so behandelt wurde; wie Idrissa von seinem Freund im Stich gelassen wurde, wie er erneut zusammengeschlagen wurde, wie er von der Schule geworfen wurde, dass auch sie entlassen wurde, ihr Mann entlassen wurde, dass ihnen alles weggenommen wurde, von dem Attentat, bei dem ihr Mann, ihr Sohn und ihre Tochter starben, durch das sie ihr Leben lang entstellt war; wie sie aus ihrer Wohnung herausgeworfen werden, wie Idrissa überfallen und abermals zusammengeschlagen wurde. Camillé empfand Mitleid und musste ihre Tränen verbergen. »Tonya, das alles tut mir so leid für euch!« - »Du hast gesagt, dass ich dich fragen soll, falls ich etwas brauche« - »Was kann ich für dich tun?« - »Wir müssen Frankreich verlassen! Wir sind hier nicht mehr sicher!« - Camillé schluckte. »Und was soll ich da machen?« - »Ich brauche ein Auto und ein bisschen Geld!« - Camillé zögerte. »Ich weiß, das ist viel verlangt! Aber vergesst nicht, was mein Mann für die Gemeinde getan hat!« - »Tonya, so gerne ich dir helfen würde, das muss ich erst mit meinem Mann besprechen! Ich habe nicht die Möglichkeiten!« - »Frag deinen Mann und sag mir so schnell wie möglich Bescheid!« - »Mache ich, Tonya!«

Als Mama mit Camillé redete, stand ich schon wieder im Kiosk. Kylian hatte alles aufgeräumt und das Blut vom Boden gewischt, als sei hier nie etwas passiert. Die Türglocke ertönte. Monsieur Morel stand in seinem langen Mantel in der Tür. »Ah, Idrissa. Ich wusste doch, dass ich dich hier finde!« - »Was wollen Sie?« - »Sieht ja wieder gut aus hier, he?« - Kylian kam aus dem Hinterraum dazu. »Idrissa, wer ist der Mann?« - »Das ist Monsieur Morel, du weißt, von dem ich erzählt habe« - »Kann ich Ihnen helfen?« - Morel spürte seine Antipathie. »Nein, nein. Ich wollte nur fragen, ob es sich Idrissa überlegt hat. Hast du?« - »Raus aus meinem Laden!«, befahl Kylian. »Idrissa, eines Tages musst du dich entscheiden!« - Diesen Satz habe ich schon einmal gehört. Mama. Hammer. Amboss. Ich nahm den Revolver und sprang über den Tresen. »Morel!« - Er drehte sich um blickte in den Lauf des Revolvers. »Was willst du denn damit?« - »Was glaubst du?« - »Du? Du willst mich erschießen?« - »Soweit ich weiß, ist es dem Revolver egal, wer den Abzug drückt!« - Ich lud den Lauf durch. »Idrissa!«, schrie Kylian. »Du hast dich also entschieden!«, fragte Morel ernst. »Ich habe mich entschieden!« - Und drückte den Abzug. Das Projektil durchschoss seinen Kopf, durchbohrte die Glasscheibe, und die Fensterscheibe seines, vor der Tür parkenden, Autos. Ein Mann, der mit seinem Hund Gassi ging, sprintete am Ladenfenster vorbei. »Wer ist jetzt der Amboss?«, schaute ich ihn starr an. »Idrissa? Was zur Hölle?«, rief Kylian hysterisch und fassungslos. »Es tut mir leid, Kylian. Hör zu, du warst immer gut zu mir, aber vergiss nicht, du hast Papa viel zu verdanken. Ich bitte dich jetzt um einen letzten Gefallen. Meine Mama und ich müssen das Land verlassen. Ich brauche das Geld aus der Kasse und deine Autoschlüssel!« - »Idrissa!« - »Verdammt Kylian, bist du so undankbar?« - »Hier, nimm. Nimm das Geld, nimm die Schlüssel!« - »Tut mir leid für das hier!«, zeigte ich auf den Morel durchlöcherten Kopf, aus dem unentwegt Blut strömte. »Erzähl der Polizei ruhig, wie es war. Ich betrete nie wieder französischen Boden!« - »Idrissa, passe auf deine Mutter auf!« - Ich drückte ihn zum Abschied. »Werde ich! Die behalte ich, okay?« - Er nickte. Ich rannte zum Auto und machte mich auf den Weg ins Krankenhaus. Später tat es mir leid, in was für eine Situation ich ihn gebracht hatte, doch in jenem Moment hatte ich meine Gedanken nur bei Mama.

14

Ich raste auf den Parkplatz, versteckte den Revolver im Handschuhfach, wusch mir die Blutspritzer aus dem Gesicht und lief hoch in Mamas Zimmer. Camillé und ein Mann standen um Mama herum, die gerade ein

Gewand anprobierte. »Guck mal, Bubu!«, sie zog den Schleier auf – es war eine Burka. »Jetzt sehe ich wirklich so aus, wie die Menschen mich sehen!« - »Mama! Was ist hier los?« - Sie zog den Schleier wieder ab. »Das ist Hugo, der Mann von Camillé und ein Freund von Papa!« - »Hör zu, es ist dringend! Wir müssen hier verschwinden!« - »Ich wollte dich eigentlich gleich abholen. Die beiden haben uns ein Auto und etwas Geld besorgt« - »Ich habe ein Auto!« - »Was? Woher?« - »Von Kylian! Egal – das ist eine lange Geschichte, ich erzähle sie dir später. Komm jetzt, wir müssen los!« - »Bubu, was ist los?« - »Mama!«, flehte ich, »bitte, komm jetzt! Ich werde dir alles erzählen!« - »Camillé, Hugo! Ich danke euch für alles! Wirklich! Ich danke euch vom Herzen! Lasst euch drücken!« - »Wir danken euch, dass ihr so einen tollen Mann und Vater habt … und das hier ist das Mindeste!«, erwiderte Hugo. »Bubu, bedanke dich bei den beiden!« - »Auch wenn es gerade nicht so aussieht, ich bin euch wirklich dankbar! Aber wir müssen jetzt los!« - »Schon gut, Idrissa! Ich wünsche euch viel Glück und ein besseres Leben in Andalusien. Wenn ihr irgendetwas braucht, so lasst es mich wissen!« - »Andalusien?«, wendete ich mich an Mama. »Ich erkläre es dir im Auto!« - »Dann gehen wir!« - Mama nahm den Umschlag mit dem Geld von Hugo und Camillé und zog den Schleier der Burka über. Wir verließen das Krankenhaus. Auf dem Weg fragte mich Mama, ob ich noch etwas aus der Wohnung bräuchte.

»Alles was ich brauche, bist du, Mama! Musst du nochmal hin?« - »Nein, Bubu. Du bist bei mir!« - »Dann verlassen wir dieses gottverdammte Krankenhaus!«

Im Auto machte Mama das Handschuhfach auf, um den Umschlag hereinzulegen. »Bubu! Was ist das? Ein Revolver?« - »Mama!« - »Warum sind da Blutspritzer drauf?« - »Wir haben eine lange Fahrt vor uns. Ich werde dir noch alles erzählen!« - Einen letzten Blick warfen wir auf die wundervollen Straßen, die verwinkelten, mit Kopfsteinen gepflasterten Gassen, den Eiffelturm, den Glanz der Stadt, der nur noch zu wenigen Prozenten zu sehen war, und das nur, wenn man in dieser Stadt geboren und aufgewachsen ist. Wir versuchten uns an die guten Zeiten zu erinnern – was schwer fiel. Dann verließen wir Paris für eine lange Zeit. »Ich wollte Frankreich – ich wollte Paris nie verlassen!« - »Uns bleibt keine andere Möglichkeit!« - »So fühlt es sich also an, wenn man vertrieben wird, man flüchten muss!« - »Am Ende wird alles gut, Bubu!« - Mama war das Einzige, was mir der Hass und Rassismus übrig ließ – und das auch nur in Fetzen.

II

ANDALUSIEN, 2031

1

»Schaffst du es?« - »Ich weiß es nicht!« - Aufgeregte Augen. »Aber du hast dich doch gemacht!« - Sinnliche Augen. »Du weißt, dass ich ängstlich bin. Du kennst mich!« - Traurige Augen. »Du wirst morgen dahin gehen und allen zeigen, wer Idrissa ist!« - Euphorisierende Augen. »Ich weiß nicht, ob ich das schaffe, ob ich die Kraft dazu habe!« - Ängstliche Augen. »Hör mir mal zu, Idrissa. Ich glaube an dich und ich weiß, dass du alles schaffen kannst!« - Famose Augen. »Glaubst du?« - Zweifelnde Augen. »Ich kenne dich vier Jahre und habe gesehen, wie du dich entwickelt hast!« - Edle Augen. »Ja?« - Gezeichnete Augen. »Ja! Du bist nicht mehr der ängstliche kleine Junge!« - Gläubige Augen. »Nicht?« - Unsichere Augen. »Nein! Du bist jetzt ein Mann!« - Schwarze Haut. »Ich weiß nicht!« - Schwarze Haut. »Denkst du oft an deine Familie?« - Schöne Beine. »Ich versuche es nicht zu tun!« - »Lasse den Schmerz zu, nur so gewöhnst du dich an ihn, wird er dir mit der Zeit egal und macht dir nichts mehr aus – bis der Schmerz kein Schmerz mehr ist, sondern nur noch eine schöne Erinnerung!« - »Meinst du, dass es jemals wieder normal für mich werden wird, dass ich mich normal fühle?« - »Was ist schon normal?« - Schöne Brüste.

»Ich weiß es nicht!« - »Du bist du! Sind die anderen normal?« - Schöne Haare. »Sind sie es?« - »Ich weiß nur, dass du keine Angst mehr haben brauchst!« - Sicherheit. »Ist es normal keine Angst zu haben?« - Unwissenheit. »Idrissa! Gott wird dir diese Angst nehmen!« - Anziehend. »Es gibt ihn nicht – nicht mehr!« - Ratlosigkeit. »Das denkst du nur. Er wacht immer über dich!« - Anziehender Duft. »Ich weiß es nicht …« - Resignation. »Idrissa?« - Magischer Duft. »Ich habe einfach nur Angst!« - Rotes Licht. »Du weißt, was jetzt kommt?« - Realität.

Ich saß auf dem Bett, holte aus meiner Tasche ein paar Scheine und legte sie auf den Nachttisch, während sie ihre Arme um meinen Hals legte und ihre warmen Brüste meinen Rücken berührten. »Kommst du morgen und erzählst mir, wie es war?« - »Denke schon!« - »Vergiss nicht, warum du das überhaupt machst!« - »Mama …«, dachte ich und sprach es ungewollt leise aus. »Ich denke morgen an dich!« - Sie stand auf und zog sich an. Ich genoss den Anblick, wie sie die enge Jeans hochzog und kämpfte ihren Hintern darin einzuschnüren; wie sie ihren BH und anschließend ihr halbdurchsichtiges Oberteil anzog; ihre Kette um den Hals legte und danach ihre schwarzen langen Haare glatt zog, ein paar mal durchkämmte und dem Spiegel ein Lächeln schenkte. Zum Abschluss frischte sie ihr Parfum auf und richtete ihren Lippenstift. Sie war bereit. »Bis morgen, Amara!« - Ich ging aus dem

Zimmer, durch den schmalen Gang, durch diesen besonderen Gestank, der weder schön noch abstoßend war, durch die dreckige Eingangstür, an den merkwürdigen Typen vorbei, an die frische, saubere Luft. Unter einem sterngedeckten Himmel sog ich den Rauch der Zigarette tief in meine Lunge und war stärker, als ich es vorher war – fühlte mich gewickelt, war trotzdem müde, war fertig, war aufgekratzt – meine Augen fielen zu, musste ins Bett, war am Ende – um einen Anfang zu machen – um wieder Fuß zu fassen. Dunkle Nacht.

Der Nachhauseweg war auch nach dem hundertsten Mal noch unheimlich. Dieses ganze Dorf war unheimlich, obgleich es schön war. Es kam auf die Stimmung und die Tageszeit an – wie bei einem Stimmungsring. Zu mir war es nicht weit, vielleicht drei oder vier Zigaretten lang. Es gab kein Nachtleben, keine Touristen, kaum junge Leute – einzig eine Kneipe war geöffnet, in der Rentner ihre Sozialhilfe und Bauern ihr bisschen Lebensunterhalt versoffen und verzockten. Die vielen Fabriken, die um das Dorf herum angesiedelt waren und die gesamte Umgebung vor Jahrzehnten florieren ließen, waren schon lange geschlossen und herunterkommend am Verwesen. Viel hat sich hier in den letzten Jahrzehnten verändert – nur der See des Dorfes, der wunderschöne, dunkle, kalte und mysteriöse See ist gleich geblieben. Man konnte etliche Gruselgeschichten darüber im Internet lesen und wenn man Kontakt mit Menschen gehabt hätte, wäre man irgendwann auch über diese Geschichten gestolpert. Wenn ich nachts an ihm vorbei musste, überkam mich jedes Mal ein Schauer, als laufe dort ein Serienmörder herum, der irgendwelchen Menschen auflauert, sie bei lebendigen Leib häutet und nebeneinander an einem Baum aufhängt, solange dort baumeln lässt, bis sie so stark verwesen, dass ihre schmalen Knochen durch die Schlaufe der Seile rutschen. Ich fürchtete mich vor diesem See und vermied ihm zu nah zu kommen. Wenn es nachts klar war und der Mond hell genug schien, dann konnte man die Umrisse von Sevilla erkennen. Wenn ich den See passierte, musste ich noch die lange Hauptstraße entlang, die alleine schon zwei Zigaretten verschlang. Auf ihr standen nur heruntergekommene, abgewrackte und kaputte Häuser, mit verwelkten Vorgärten, in denen Schrott Platz fand – doch was sollte ich schon sagen? Das Haus, in dem ich lebte, sah nicht viel anders aus. Dieser tote Hund lag schon mindestens eine halbe Ewigkeit auf der Straße. Seine Schnauze war zur Hälfte verwest, sodass sein Kiefer zu sehen war, ebenso wie die Rippen, die langsam an der Luft kratzten. Wieso entsorgte niemand diesen Köter? Ich fragte es mich jeden Abend, wenn ich an ihm vorbeiging. Sowieso passierten hier manchmal komische Dinge. Einmal war ein Auto einfach so, mitten im Nirgendwo mit laufenden Motor und eingeschalteten Licht abgestellt. Ich sah es nachts in der Ferne, als ich auf dem Weg nach Hause war und beobachtete es, doch nichts passierte, also ging ich hin, doch es war niemand da. Wo der Fahrer oder Besitzer war? Keine Ahnung, das Auto stand dort einfach herum. Oder als ich nachts sah, wie ein Haus komplett in Feuer stand, ohne, dass jemand darin wohnte, weder ein Kabel verlegt noch ein Ofen vorhanden war. Brandstiftung? Die Feuerwehr dementiert. Doch zurück zur eigentlichen Geschichte.

Im Bett suchten mich wieder die Albträume heim. Jede Nacht seitdem ich Paris verließ, ohne Ausnahme, fuhr mein Vater und meine Geschwister, die schon halbverkohlt waren, in einem brennenden Auto an mir vorbei, während ich in einem Glaskasten auf dem Marktplatz stand und über mein Haupt Wassermassen prasselten. Jede Nacht versuchte ich aus diesem Glaskasten auszubrechen, um meine Familie zu retten – doch es funktionierte nicht. Die ganzen Menschen, die sich das paradoxe Spektakel ansahen, wie mein Vater im Kreis um mich herum fuhr, als wolle er mich in einem Feuerkreis – einem Kreis von Schuldgefühlen – einsperren und mich so sehr einkreisen, dass mein Herz zerschnürt und vor Druck zerplatzt. Fast 2000 Kilometer und eine Landesgrenze trennten mich von dieser grausamen Stadt und trotzdem suchte sie, die Menschen, meine Vergangenheit mich heim.

2

»Idrissa!« - Ich wurde wach. Der Tag war gekommen. Heute also sollte es, zum ersten Mal seit langen, wieder unter Menschen gehen. Endlich konnte ich mein Medizinstudium beginnen, um Mama zu helfen. Früher wollte ich nur Mediziner werden, weil Mama es war. In einer kleinen, familiären Praxis als Kinderarzt zu arbeiten war mein Wunsch, in einer Atmosphäre, dass selbst kranke Kinder gerne kommen, wo die Empfangsdamen freundlich über den Tresen lächeln, wo die Eltern der Kinder sich wohlfühlen und ein Gefühl von Vertrauen spüren – dieser Traum ist in Frankreich gestorben. Zum einen, da ich dort mein Abitur nicht zu Ende machen durfte, mir die Universität verboten wurde; zum anderen, weil meine halbe Familie umkam und ich ganz andere Probleme hatte, als meine berufliche Zukunft – zum Beispiel zu flüchten. Manon Dupont hatte meinen Traum genommen, wie ein Blatt Papier zusammengeknüllt und in den Mülleimer geworfen, aber natürlich hat sie ihn nicht getroffen, sonst wäre dieser Traum ja ordnungsgemäß gestorben, sodass ich einfach, unter normalen Umständen, einen neuen Weg einschlagen konnte, nein – sie warf mit Absicht daneben, wodurch unzählige Menschen, die am Mülleimer vorbeigingen, auf diesen Abfall von Papier trampelten, es verschmutzten, bis es langsam in sich verfällt, auseinander bröckelt und das einstige Blatt nicht mehr mit neuen Träumen beschrieben werden konnte … doch irgendwie habe ich es geschafft dieses Blatt zu retten, es aufzuheben, wieder zusammenzukleben, es zu glätten, es neu zu beschreiben, auch wenn man die Spuren Frankreichs darauf sehen konnte. Ich wollte immer noch Mediziner werden, nur der Grund hatte sich geändert. Der Job als Kinderarzt und die harmonische Praxis waren mir egal. Der Wunsch, seit dem Attentat, war viel größer, viel bedeutender. Schnell war klar, dass wir nie wieder so viel Geld haben würden, wie zu der Pariser Zeit und somit stand fest, dass wir uns niemals eine Operation hätten leisten können. Mama sollte endlich wieder lächeln können – endlich wieder stolz sein. Jahrelang sah ich in ihre unglaublich traurigen und verletzten Augen. Ein chirurgischer Eingriff, eine Art Transplantation, in der neue Haut über Mamas entstellte Gesicht gezogen wird, hätte ihr Leben verändert und sie wieder glücklich gemacht, sie von den stechenden Blicken der Anderen befreit, doch solch eine Operation war teuer – und wie gesagt, so viel Geld hatten und konnten wir nicht aufbringen. Ich saß Tage, Wochen, Monate in meinem Zimmer und überlegte. Mein Kopf rauchte, wie ich Mama endlich wieder Freude in ihr Herz bringen konnte, dass sie wieder Lebenslust empfindet und nicht von Tag zu Tag wandelt, immer flüchtend und versteckend vor Blicken, bis ich den Entschluss fasste, Mediziner zu werden, um Chirurgie zu studieren und Mama selbst zu operieren, sodass keine respektive kaum Kosten entstanden – tragbare Kosten; Kosten, die notwendig waren – wie viel ist ein Leben wert? Das, was sie als Leben bezeichnete, war kein Leben, es war eine einzige Flucht. Diese Entscheidung war die einzig richtige. Ich hätte alles dafür aufgegeben, nur dass Mama einmal glücklich und lächelnd vor dem Spiegel steht und nicht mehr die Narben sehen muss.

Nachdem ich Spanisch lernte, holte ich also das Abitur nach, doch aus Angst oder vielleicht auch aus Selbstschutz, dass ich wieder verstoßen würde, tat ich das auf anderem Wege. Als wir hierher gezogen sind, stand fest, dass wir arbeiten müssen, um Geld zu verdienen. Da Mama sich, genauso wie ich, nicht der Öffentlichkeit stellen wollte, suchte sie sich einen Job, in dem sie nur nachts das Haus verlassen musste. Sie arbeitete in einer riesigen Wäscherei, wo die ganzen Bettlaken und Handtücher sämtlicher Hotels der Umgebung gewaschen wurden. Jeden Abend zur Dämmerung ging sie, ihre Burka übergeworfen, aus dem Haus und betrat es, bevor die ersten Sonnenstrahlen Andalusien erblickten. Aus Geldmangel, da das anstehende Studium sehr teuer war, musste sie ab und zu Doppelschichten übernehmen. Sie arbeitete bis früh in den Morgen, kam für zwei oder drei Stunden nach Hause, um zu schlafen und ging dann für eine halbe Schicht erneut in die Wäscherei, damit sie noch ein paar Scheine mehr verdient. Heute war so ein Tag, an dem sie eine Doppelschicht schieben musste. Ein anderer Job, zum Beispiel in einem Café oder Restaurant wäre alleine aufgrund ihres Erscheinungsbilds nicht möglich gewesen. Da das Geld ihres eher kläglich bezahlten Jobs nicht ausreichte, musste auch ich arbeiten. Ich wollte aber genauso wenig im Mittelpunkt stehen, also suchte ich im Internet nach Jobangeboten. Stolpernd über eine Anzeige, schickte ich Ihnen meine Unterlagen und bewarb mich. Die Tätigkeiten waren für mich, da ich damit aufgewachsen bin, sehr einfach und leicht zu erledigen und zusätzlich war die Bezahlung nicht schlecht, für den relativ geringen Zeitaufwand. Ich habe ab dann für große Firmen, Institutionen oder Vereine Internetseiten erstellt und optisch verbessert. So bin ich auch zu meinem Abitur gekommen. Eine Schule für Erwachsene schickte mir den Auftrag ihre Seite aufzufrischen und zu erneuern. Beim Durchlesen der Inhalte stolperte ich über das Angebot: »Online Abitur – in nur zwei Jahren!« - Ich informierte mich darüber und meldete mich kurzerhand an. Den Lehrplan und die Unterrichtsmaterialien habe ich online erhalten und auch die Prüfungen wurden online geschrieben. Nach zwei Jahren anstrengender Lernerei neben meinem Job habe ich es geschafft und das Abitur mit einer sehr guten Note erhalten. Mein Weg für das Medizinstudium und die Rettung meiner Mama war geebnet.

Von den Zuständen Frankreichs spürte man in Spanien nichts, obwohl es auch hier, wie überall auf der Welt, Rassismus gab, wenngleich nicht in diesem Ausmaß.

Ich entzog mich fast vier Jahre der Öffentlichkeit, der Gesellschaft, dem richtigen Leben – lebte nur zu Hause, bei Amara, in der Virtualität, doch heute musste ich mich stellen – ich war aufgeregt. Wie würden die neuen Leute reagieren? Jedes Mal wenn ich dann doch mal draußen war, sah ich nur weiße Menschen. Bis auf Mama und Amara kannte ich keine Schwarzen, obwohl ich sowieso niemanden kannte. Nach vier Jahren war ich immer noch neu. Werden sie mich akzeptieren? Werden sie mich mögen? Werde ich vielleicht sogar wieder neue Freunde finden? All solche Fragen schossen durch meinen kleinen schwarzen Kopf. Die Uni war in der nächsten größeren Stadt, Sevilla. Mit dem Bus brauchte ich etwa eine halbe Stunde. Dieses Studium war unsere einzige Hoffnung, denn wenn es nicht klappen würde, ständen wir dumm da. Unser ganzes Geld war verplant. Die eine Hälfte ging für die Studiengebühren drauf, die andere Hälfte für das Haus und Lebenskosten. Für Luxus jeglicher Art war kein Spielraum. Eigentlich lebten wir, als wären wir ganz arme und einfache Bauern. Vielleicht war auch das ein Grund, warum ich Angst hatte. Wohl möglich würden sie mich anstarren und auslachen, weil meine Kleidung die Hälfte der Woche die gleiche oder weil ein Loch in meinen Schuhen ist. Ich würde es nur herausfinden, wenn ich hingehe, aber erst einmal ging ich runter zu Mama.

»Bonjour, Bubu, bist du bereit?« - »Habe ich eine

andere Wahl?« - »Sei nicht aufgeregt. Du bist so ein schlauer Junge, du schaffst das!« - »Das ist es nicht.« - »Was dann? Die anderen?« - »Ja« - »Bubu, mach dir doch um die keine Sorgen!« - »Aber« - »Nichts aber, sei unbesorgt. Ich weiß, dass du neue Freunde finden wirst und heute Abend glücklich bist und dich freust, dass du hingegangen bist!« - »Meinst du?« - »Was denn sonst?« - Sie hatte recht. Ich wusste ja, wofür ich all das tat – jedes Mal, wenn ich in ihr Gesicht sah, wusste ich es. Früher, wenn ich Angst hatte oder aufgeregt war, beruhigte sie mich auf die gleiche Weise, wie jetzt auch, doch in ihren Augen fehlte der Glanz. Ich spürte, dass sie sich selber jeden Tag aufs Neue motivieren musste und ihr die Kraft fehlte, dies auch noch bei mir tun zu müssen. Wie muss das sein, wenn man sich jeden Tag unter einem Stück Stoff versteckt? Bis auf Camillé, Hugo und mir hat niemand ihr verbranntes Gesicht gesehen; ihren zur Hälfte kahlgebrannten Kopf, ihren immer noch feuerrot verbrannten und ständig triefenden Kiefer, ihre verbrannten Wimpern und Augenbrauen, dessen Poren vom Feuer versiegelt wurden; ihr, durch die Hitze, eingerissener Mundwinkel, ihre halboffene Nase, die vom Aufprall damals zerschmettert wurde, aber zu fragil zum Operieren war. Niemand konnte ihr Leid und niemand musste ihr Leid sehen ... ich wollte ihr Gesicht abkratzen, den Schmerz abkratzen!

»Du hast recht Mama! Es muss aufwärts gehen!« - »Das ist mein Junge!« - Ich lächelte. »Wir dürfen nicht aufgeben. Wir sind nicht umsonst diese lange Reise hierher angetreten, haben Paris nicht umsonst verlassen! Kannst du dich erinnern?« - Und wie ich mich erinnerte. Es war eine lange und intensive Fahrt, die ganze Zeit auf der Flucht, als könnte jeden Moment Manon Dupont persönlich hinter uns her sein, um uns im Gefängnis Frankreich zu behalten und weiter zu foltern – und dann war da ja noch die Leiche Morels, die einen Täter brauchte, welcher ich war und der zur Rechenschaft gezogen werden sollte. Mama und ich kamen uns noch näher, als wir es sowieso schon waren, denn ab jetzt gab es nur noch uns zwei. In Andalusien angekommen, lebten wir zuerst ein paar Tage bei Bekannten von Hugo und Camillé. Sie waren nett und haben uns sehr geholfen, doch es war wenig Platz in ihrem Haus, weil sie sich um die kranke Mutter kümmerten. Nach kurzer Zeit zogen wir aus und siedelten uns in einem kleinen Dorf im Herzen Andalusiens an, ganz in der Nähe von Sevilla. Das Dorf war heruntergekommen und nur dünn besiedelt, geprägt von Landwirtschaft und alten Menschen, was wiederum den Mieten zugute kam. Wir konnten uns ein kleines brüchiges Haus mit zwei Zimmern, Küche, Bad, ohne zweite Etage, dafür aber mit Keller, leisten, wenngleich es weder eine Heizung hatte, noch isoliert, und auch sonst eher spärlich war. Lediglich einen kleinen Holzofen gab es. Die Fassade bröckelte und ein paar Ziegel auf dem Dach fehlten, was nicht weiter schlimm war, denn wir hatten einen Eimer darunter gestellt, falls es mal regnete – was aber noch viel wichtiger war, dass wir einander hatten, frei von hetzenden Parisern, frei von Nachbarn, frei von Leid. In dieser, für andere ärmlichen und schäbigen Umgebung, fanden wir eine harmonische Idylle, die uns mit mehr Kraft nährte, als all der Luxus zu einstigen Pariser Zeiten. »Denk nicht an Paris, Bubu!« - »Ich will es nicht, aber ich vermisse es irgedwie« - »Eines Tages werden wir zurückkehren!« - »Du bist immer so zuversichtlich, Mama. Wie machst du das?« - »Wie ich das mache? Ich weiß es nicht. Ich weiß nur, dass ich anders zugrunde gehen würde!« - »Du bist eine starke Frau, Mama!« - »Stark? Ich?« - Sie schien vielleicht so, aber innerlich konnte sie jeden Moment zu Staub zerfallen! »Bald wird alles anders. Dieses Studium wird nicht umsonst sein!« - »Apropos Studium, versprichst du mir etwas?« - »Alles Mama!« - »Sei offen!« - »Offen?« - »Lehne die anderen nicht gleich ab, lasse dich auf sie ein! Ein paar Freunde würden dir gut tun!« - »Ich werde es versuchen!«

Nachdem wir fertig mit dem Frühstück waren, räumte ich den Tisch auf, während sie ihre Burka überwarf. Wir mussten beide zur Bushaltestelle. Die Blicke der ganzen konservativen Bauern, die Mama und mich jeden Tag aufs Neue anblickten, als seien wir Außerirdische, spürte ich schon gar nicht mehr, wenn wir die lange sandige Straße entlang liefen, wenn der Wind ihre Burka tanzen ließ. Ich hielt ihre Hand und wünschte, dass der Tag X bald kommen würde. »Bubu, sag mal, wo warst du gestern Abend eigentlich schon wieder?« - »Was meinst du, Mama?« - »Ich habe gestern von der Wäscherei aus zu Hause angerufen. Es hat niemand abgenommen!« - »Ehhh«, stotterte ich, »Ich habe wahrscheinlich geschlafen.« - »Warum lügst du deine Mutter an?« - »Ich lüge nicht!« - Ich log. Und ich schämte mich dafür. »Bubu!« - »Mama … ich war spazieren!« - »Schon wieder? Wo gehst du denn nachts hin?« - »Wieso fragst du das alles?« - »Ich will doch nur wissen, was mein Sohn so macht.« - »Ich denke nach, schaue in die Sterne. Das hilft mir!« - Sie hörte auf mich zu interrogieren. »Weißt du was dir noch helfen würde?« - »Was, Mama?« - »Besuch den lieben Gott mal wieder! Weißt du noch, wie er dir in Frankreich Kraft gespendet hat? Vielleicht macht dich das ein wenig glücklicher!« - Mama ging oft nachts, nach der Arbeit, in die Kirche, um zu beten, weil zu dieser Uhrzeit sonst niemand dort war, der sie wegen ihrer Erscheinung anstarrte. »Wie soll mir Gott helfen? Durch ihn ist doch erst alles so gekommen, wie es jetzt ist! Seit diesem Anschlag habe ich den Glauben an ihn verloren!« - Dann zitierte sie den 23. Psalm. »Such diese Vertrautheit wieder! Es wird dir helfen!« - »Ich weiß nicht!« - »Gott hat seinen Plan – ob du ihn jetzt verstehst oder nicht – es gibt ihn!« - Mein Bus kam, ihrer fünf Minuten später. Wir fuhren in entgegengesetzte Richtungen.

3

Der Bus hielt direkt vor der antik mächtigen Universität Sevillas. Um zum Eingang zu gelangen, musste man durch einen kleinen Park, mit Alleegleichenden Wegen, gehen. Rosen, Tulpen und andere Blumen versprühten verzaubernde Düfte und besänftigten mein Gemüt. Je näher ich der Eingangstür kam, desto entspannter wurde ich, obgleich mit jedem Schritt Nervosität in meinen Körper gelangte. Ich hatte mich von allen abgekapselt und wusste gar nicht mehr wie es war, mit anderen Menschen zu kommunizieren und eine soziale Bindung aufzubauen. War ich dazu überhaupt fähig? Oder hatte ich Angst, dass sie ebenso schnell durchschnitten wird, wie in Paris? Ich war selten glücklich. Was blieb mir anderes übrig, als hineinzugehen.

Auf dem Weg zum Vorlesungssaal, in dem sich die Professoren vorstellten und der Lehrplan verkündet und herausgegeben wurde, traf ich unzählige Menschen, doch niemand starrte mich an. Sie schauten einfach nur, als seien sie neugierig, als seien sie genauso nervös, nur aus einem anderen Grund – nicht, weil sie schwarz sind, denn ich habe nur einen einzigen Bruder gesehen, der still in der Ecke stand und mir, nachdem er mich erblickt hat, zunickte, als seien wir Verbündete in einer weißen Welt als einzige Schwarze – das tat gut –, sondern weil sie Angst hatten, dass sie die Uni nicht schaffen oder, weil sie ebenso keine Freunde hatten.

Was es auch war, sie schauten mich an und plötzlich fühlte ich mich nicht mehr so schlecht. Wenn die anderen auch ängstlich sind, dann bist du einer unter vielen. Das erste Mal seit langen war ich einer unter vielen. Ich war normal. Das gab mir Kraft. Nach der Vorlesung wollte ich zu dem Schwarzen hingehen, um mich mit ihm anzufreunden, doch komischerweise habe ich ihn nie wieder gesehen. Vielleicht kam er nicht mit dem Druck klar. Das Gefühl nicht dazuzugehören ist schrecklich. Wahrscheinlich wollte er sich der Aufgabe nicht stellen und hat einfach aufgegeben, bevor er verletzt wird – aus Selbstschutz. Schade, doch kein fremdes Gefühl. Wir dürfen uns dem ganzen Druck des Rassismus nicht hingeben und unterordnen, sondern kämpfen, dachte ich. Ich klang schon wie mein Vater.

Ich suchte mir einen freien Platz, etwas weiter oben im Saal und blickte durch die anderen Studenten. Menschen jeglicher Art; mit schwarzen Haaren, braunen Haaren, blonden Haaren; große und kleine, dicke und dünne; hübsche und nicht so hübsche; in teurer Kleidung und in billiger Kleidung – ich fiel gar nicht auf. Das gefiel mir, auch wenn mir die Menschen, die in dem Äußeren steckten, egal waren, bis ich dieses eine Mädchen entdeckte, welches sich zu mir umdrehte. Diese schwarzdiamanten kurzen Haare, die gerade einmal bis in ihren verführerischen Nacken gingen und ihre sinnliche Schulter – Gott sei Dank – nicht bedeckten, diese Symbiose aus perfekt geformter Nase und nach Berührung lechzenden Lippen, gepaart mit einem Traum von olivgrünen, wohlstechenden Augen, ließen meinen Atem anhalten und versetzten mich in eine kurze Starre. Bevor ich sie anlächeln konnte, drehte sie sich schon wieder um und die Professoren kamen herein, doch sie waren mir egal, ebenso wie alles um mich herum; der Raum, die Studenten, ob genug Sauerstoff in der Luft ist, der Terror in Paris, sogar mein Studienziel verlor ich für einen kurzen Moment aus dem Kopf. Ich hatte nur Augen für diese Schönheit, die ich um jeden Preis berühren und verführen musste. Dieses Mädchen, dieses Objekt der Begierde im Fokus, sah ich im verschwommenen peripheren Bereich, wie sich die Studenten umdrehten und schauten, als suchten sie etwas. Sie suchten mich. »Idrissa Azikiwe!« - Das war mein Name. Ich wachte aus diesem tranceähnlichen Zustand auf. Aus meiner blühenden Phantasie gerissen sah ich auf den Professor. »Idrissa Azikiwe! Ihre letzte Chance!« - »Hier bin ich!« - »Na, das ist ja schön. Gleich am ersten Tag einschlafen! Lassen Sie das nicht zur Routine werden!«, rief er mir in einem belustigten Ton zu. Die anderen lachten. Auch das Mädchen drehte sich wieder um und grinste, als ob sie wusste, dass ich von ihr paralysiert war. Ich schenkte ihr ein Lächeln zurück. Danach ratterte der Professor die Informationsveranstaltung herunter, ließ uns unsere Studienpläne abholen und verabschiedete sich. Das war es für heute, erst morgen sollte es richtig losgehen.

Ich ging aus der Tür, stellte mich an einen Baum neben dem Eingang und zündete mir eine Zigarette an. Ein erfolgreiches Gefühl spürte ich, als habe ich eine große Hürde überstanden und als Belohnung ein Lächeln eines wunderschönen Mädchens bekommen. Mama hatte recht, zum Glück bin ich hingegangen. Während ich genüsslich den Rauch einzog, in meiner Lunge zirkulieren ließ und ihn dann noch genüsslicher und entspannter, als habe er in meinem Körper Partikel von Stress abgebaut und im Sog hinaus befördert, auspustete, kam jenes Mädchen aus der Tür und ging direkt auf mich zu. Mit jedem Meter, den sie sich näherte, wurde ich aufgeregter und erschien weniger cool und selbstsicher, bis ich stramm stand, meine Hände schwitzten, sich ein laufender Föhn in meinem Hals einschaltete und meinen Mund austrocknete. »Hey, ich hab dich gesehen« - »Hey«, antwortete ich, als fiele mir keine originellere Antwort ein. »Du warst doch der, der nicht wusste, wie er heißt, richtig?« - »Ja«, lachte ich. »Darf ich eine haben?«, deutete sie auf meine Zigarette hin. »Klar«, zündete ich sie an. »Nein, nein. Gib mir deine« - Sie grinste wieder mit diesen weichen Wangen und steilen Lippen. »Okay« - »Bist wohl nicht so gesprächig« - »Doch, eigentlich schon« - »Du bist neu hier, oder?« - »Sind wir das nicht alle?« - »Nein«, lachte sie, »Ich meine in der Gegend« - »Achso« - Ich versuchte meine Schüchternheit zu verbergen. »Ja, ich bin neu hier. Woher weißt du das?« - »Das merkt man« - »Also eigentlich bin ich schon seit vier Jahren hier« - »Wo kommst du denn her?« - »Paris« - »Uh, Paris!«, staunte sie. »Ich war einmal in Paris und habe mich in diese Stadt verliebt!« - »Echt?« - »Ja, ich liebe den Zauber, der über der Stadt liegt!« - Das war genau der Grund, warum ich Paris einst auch liebte. »Und ich liebe die Vielfalt, wie weltoffen und multikulturell dort alles ist!« - »Das war einmal«, sagte ich leise, weil ich es nur dachte und ich eigentlich gar nicht aussprechen wollte. »Was?« - »Schon gut« - »Wie war dein Name nochmal? Issa?« - »Idrissa« - »Hey Idrissa, ich bin Inés« - Ich nahm ihre Hand und küsste sie und bemerkte, wie es ihr zu erst unangenehm war, weil die herumstehenden Leute zu uns blickten, die peinliche Berührung dann aber verflog und sie es genoss, meine Avancen und dann auch die Blicke der anderen. Wahrscheinlich war keine von den ganzen jungen Frauen so etwas gewohnt, denn es war ja auch absolut nicht mehr Usus, aber ich wurde nun einmal so erzogen, dass eine Frau wie eine Prinzessin, ja, wie eine Heilige behandelt und geehrt werden sollte. Ich glaube, Inés genoss es dann auch so intensiv, weil sie die Gesichter der anderen Frauen sah, die Neid – Neid, dass sie einen Gentleman, die es kaum noch gab, getroffen hat –, vielleicht lag es aber auch an der Gruppe, die auf uns zukam, denn als ich ihre Hand in meiner hielt, kamen ihr Freund und weitere Freunde dazu. »Was stehst du denn mit dem hier herum?«, fragte der gutaussehende, schmierige Typ. Ich schaute ihn ernst an. »Sei ruhig«, sagte sie zu ihm, »das ist

Idrissa!« - »Ach, der Vogel, der vorhin geschlafen hat?«
- »Hey, was ist dein Problem?«, fragte ich. »Es gibt
keins«, unterbrach Inés, »nimm ihn nicht so ernst, er
meint das nicht so!« - »Ja, entspann dich. Du stehst hier
mit meinem Mädchen, da darf ich wohl ein bisschen
neugierig werden oder?« - »Alles gut« - »Wo kommst
du her, Idrissa?« - »Aus Paris« - »Ouh, tu es de Paris?«
- »Oui, est-ce que tu parles francais?« - »Je parle un
peu, je parle un peu, mon ami!« - »C'est cool!
Pourqoui?« - »Ich habe dort ein halbes Jahr gelebt ...
und du willst jetzt Medizin in Sevilla studieren?« - »Ja«
- »Warum?« - »Weißt du«, fuhr ich aus, »meine Mama
hatte einen schweren Unfall und wir können uns die
Operation nicht leisten« - »Und?« - »Ich will studieren,
damit ich sie selber operieren kann« - »Verstehe« - Er
blickte zu seiner Freundin und den anderen. »Wollen
wir?« - »Ja« - »Bis dann, Idrissa!«, verabschiedete er
sich. »Au revoir!« - Dann legte er seinen Arm um Inés
und sie gingen, während ich mir eine weitere Zigarette
anzündete. »Hast du das gehört? Der ist verrückt!«,
schrie und lachte er lauthals. »Der Nigger will seine
Mami zusammenflicken!« - Inés drehte sich zu mir um
und warf mir einen entschuldigenden Blick zu. »Was
guckst du ihn so an? Tut dir der Nigger leid? Vergiss
ihn, der ist doch verrückt!« - »Es reicht jetzt, Pablo!« -
»Was ist mit dir?« - »Ohh!«, stöhnte sie angewidert.

Als ich auch hier nur wieder der Nigger war, ging
ich wütend und gleichzeitig enttäuscht weg. Inés löste
sich aus Pablos Armen und lief zu mir. Sie wollte mit

mir reden, sich wahrscheinlich für ihren Freund entschuldigen und sagen, dass er es nicht so meinte, doch ich schubste sie weg, als sie meine Hand berührte. »Lass mich in Ruhe!« - Ich ging nach Hause, ohne auf die am Boden liegende Inés zu schauen.

4

»Bubu?« - Es klopfte an meiner Tür. »Ich komme jetzt rein« - Sie öffnete die Tür. »Was ist los? Warum versteckst du dich in deinem Zimmer?« - Ich lag mit dem Gesicht in den Kissen. »Es ist nichts« - »Rede mit mir! Ich sehe doch, dass etwas nicht stimmt. Was ist?« - »Es hat alles so toll angefangen und dann ging es genauso los, wie früher in Paris!« - »Mein Engel!« - »Mama, nimm es mir nicht übel, aber ich will nicht darüber reden!« - »Das wird sich schon alles einrenken!« - Ich war mittlerweile erwachsen und wollte nicht mehr von Mama getröstet werden, zumal sie auch genug mit sich und ihrem Schicksal zu tun hatte und da sollten meine Probleme sie nicht noch zusätzlich belasten. »Wie war dein Tag?« - »Ich habe mich damit abgefunden« - »Womit?« - »Die Blicke, die Bemerkungen, die Beleidigungen« - »Die Burka?« - »Ja, aber in den letzten Tagen, besonders heute, wurde es immer schlimmer. Sie beachten mich kaum noch, als wäre ich Luft und wenn sie es dann doch machen, dann tun sie alles Erdenkliche, dass ich mich schlecht fühle. Sie lachen mich aus, zupfen an meiner Burka und versuchen sie herunterzuziehen!« - »Mama!« - »Nein, Bubu, bleib ruhig, ich halte das schon aus. Nicht mehr lange … ich halte es noch aus« - »Wer war das?« - Eine Wut schoss durch meinen Körper, sodass mein kochendes Blut zu gefrieren schien. Ich wollte jeden einzelnen umbringen, der damit zu schaffen hatte. »Mein Sohn! Sei weise. Du setzt das Studium aufs Spiel!« - »Eines Tages Mama! Eines Tages werden wir es ihnen zeigen! Ich werde dir dein Lachen zurück bringen!« - »Ich liebe dich!« - »Ich liebe dich auch!« - »Ich lasse dich jetzt alleine, okay?« - »Wo willst du hin, Mama? Du musst doch heute Nacht nicht arbeiten« - »Ich muss schlafen. Ich bin am Ende!« - Ich brachte Mama ins Bett, deckte sie zu und blieb noch ein paar Minuten, bis sie einschlief.

Zwei Zigaretten rauchte ich, während ich, unter dem Dach aus Sternen, die lange, sandige Hauptstraße entlang lief, passierte den See, ohne meinen Kopf nur ein Grad in die Richtung zu drehen, bog in die beleuchtete Gasse ein, ging an den zwei merkwürdigen Typen vorbei, durch die dreckige Eingangstür und schließlich durch den schmalen Gang, der von diesem besonderen Gestank durchtrieben war, klopfte an die Tür, bis Amara öffnete. »Bonsoir, Idrissa!« - »Salut, Amara!« - Ich betrat das kleine, dunkle und verrauchte Zimmer. Amara zog sich langsam, Teil für Teil, aus. »Also, sprich!« - »Was?« - Sie zog ihr Oberteil aus. »Na, wie war es heute?« - »Achso« - Sie zog ihre Hose aus. »Ja, weißt du … Ich weiß nicht was los ist!« - Sie öffnete ihren BH. »Was meinst du? Was ist denn passiert?« - Sie zog ihre komplette Unterwäsche aus und legte sich splitterfasernackt auf das Bett. »Mama, es wird immer schlimmer mit ihr!« - »Die Arbeit?« - »Ja, sie hören nicht auf über sie zu lachen, sie zu beschimpfen, sie zu verachten! Ich halte das nicht mehr aus! Ich kann Mama nicht so leiden sehen! Sie ist am Ende ihrer Kräfte, versucht vor mir aber die Starke zu spielen!« - »Vielleicht kann sie nicht anders« - »Aber ich bin doch ihr Sohn! Wenn sie bei jemanden Schwäche und Angst zeigen kann, dann bei mir!« - »Komm her, Idrissa!« - Ich setzte mich auf die Bettkante. Amara zog mein Shirt hoch, legte meinen Kopf auf ihren Bauch und streichelte ihn. »Es ist doch nicht mehr so lange, oder?« - »Amara, verstehst du nicht? Es wird von Tag zu Tag schlimmer! Ich muss noch fünf Jahre studieren, anschließend Erfahrung sammeln und erst dann kann ich sie operieren!« - »Was willst du machen?« - »Ich weiß es nicht. Ich weiß überhaupt nichts« - »Gibt es nicht noch eine andere Möglichkeit?« - »Und die wäre?« - »Ich weiß es nicht« - Sie massierte meine Schulter, meine Brust, meine Arme, während ich mich auf ihrem Bauch entspannte und Kraft tankte – Kraft, die mir im Laufe jeden Tages, wie durch ein Leck, verloren ging und ich auftanken musste, vom Tankwart Amara, die jenes Leck zusätzlich, wenn auch nur für einen kurzen Moment, versiegelte. »Reden wir über etwas anderes, Amara« - »Alles was du willst« - »Ich habe heute ein Mädchen kennengelernt« - Sie stoppte für einen Bruchteil einer Sekunde, massierte dann aber weiter im Rhythmus. »Ein Mädchen?« - »Ja« - »Wie heißt sie?« - »Inés« - »Das ist ein schöner Name. Ist sie hübsch?« - »Sehr hübsch« - »Ein weißes Mädchen?« - »Ja« - »Woher kennst du sie?« - »Ich habe sie heute in der Uni getroffen« - »Wie war es denn überhaupt?« - »Soweit ganz okay« - »Okay?« - »Die Professoren haben sich vorgestellt und das war es im Prinzip auch schon« - »Und Inés?« - »Ich habe eine geraucht, dann kam sie an, wollte auch eine, und wir haben geredet« - »Und weiter?« - »Weißt du Amara … ich kann das irgendwie nicht … mit anderen Menschen … mich öffnen … zu ihnen gehören …« - »Was redest du, Idrissa? Du bist doch liebenswert und vernünftig. Was ist denn passiert?« - »Ich habe mit ihr geredet. Ihr Freund kam und hat mich Nigger genannt!« - »Der Nigger hat was?!« - »Nicht zu mir direkt, aber so laut, dass ich es hören konnte« - »Was hast du gemacht?« - »Danach hat er sich über Mama und mich lustig gemacht!« - »Bist du zu ihm?« - »Nein, ich war wütend, aber bin gegangen. Inés lief mir hinterher, wohl möglich, um sich zu entschuldigen, doch ich habe sie geschubst und liegen gelassen« - »Du hast was?« - Sie gab mir eine leichte Backpfeife. »So behandelt man keine Damen!« - »Ich habe doch gesagt, dass ich nicht weiß, was mit mir los ist! Hörst du mir nicht zu?« - »Du gehst morgen zu diesem Mädchen und entschuldigst dich!« - »Ich weiß nicht. Vielleicht sollte ich mich von ihr und dem Freund einfach fernhalten« - Sie gab mir erneut eine Backpfeife. »Du entschuldigst dich!« - »Oh!«, schmerzte es, »okay, okay. Ich werde mich entschuldigen!« - Sie lachte, gab mir noch eine leichte Backpfeife und drückte mein Gesicht in ein Kissen.

Amara war eine bildhübsche Frau. Lange schwarze Haare, die bis zur Hälfte ihres Rücken gingen, kräftige, aber weiche Gesichtszüge, eine kleine Narbe links neben ihrem Kinn und unglaublich eindringliche Augen. Ihr Körper war von Gott als Paradigma einer erotischen Frau geschaffen. Jede Rundung, egal ob oberhalb oder unterhalb ihres Äquators, war parfait. Wenn sie lächelte war es, als öffneten sich zwei Welten, die das Paradies zum Vorschein brachten – wie Adam und Eva unter dem Baum sitzen, den Kopf der Schlange für immer abgeschlagen haben, und somit bis in alle Ewigkeit in unendlicher Harmonie leben, mich zu ihnen einladen, um für den Moment, solange wie die wundervolle und fabelhafte Amara ein Lächeln auf dem Gesicht trägt, in Ruhe zu verweilen, um zu genießen. Sie war, neben Mama, die Einzige, die mich verstand, die mir Sicherheit und Rückhalt bot und die sich für mich interessierte. Bislang wollten alle anderen mit meinem schwarzen Fleisch nichts zu tun haben. Bei ihr fühlte ich mich vollkommen und geborgen. Sie wusste eine Menge Sachen über mich, meine intimsten Gefühle habe ich ihr anvertraut und auch sie erzählte mir einiges über ihre Vergangenheit, auch wenn dort große Lücken waren, doch wenn sie es mir nicht von sich aus erzählen wollte, dann hatte das schon seinen Grund, dachte ich. Ich hätte sie gerne öfter gesehen, doch ich sah sie nie im Tageslicht. Wir lebten nur nachts. Was vom Tag übrig blieb, verflog wie der Rauch einer Zigarette.

Nachdem ich all meinen Frust von der Seele geredet hatte, fühlte ich wieder einmal besser. »Willst du schon gehen?« - »Ich muss nach Mama schauen« - Ich zog mein Shirt an und legte ein paar Scheine auf den Nachttisch. Dann stand sie auf, hielt ihre goldenen Brüste vor mein Gesicht und streichelte einmal über meinen Kopf. »Pass auf dich auf, Idrissa!« - »Mache ich! Du auch auf dich?« - »Ich halte durch!« - »Wir sind dazu geboren, Amara!« - »Du hast recht!« - »Und schlagen sie dich auf die rechte Wange« - »So halte ihnen auch die andere hin«, vervollständigte sie. »Am dunkelsten ist die Nacht vor der Dämmerung, Idrissa! Wir schaffen alles, wenn wir nur richtig wollen!«

Draußen rauchte ich eine Zigarette, schaute wie jeden Abend in die Sterne und genoss die Stille, wenn sie nicht von dem Getuschel der beiden merkwürdigen Typen gestört worden wäre. Sie sprachen leise, aber ich verstand sie. »Was ist eigentlich mit dem?« - »Was meinst du?« - »Ist dir das noch nicht aufgefallen?« - »Was?« - »Er kommt jeden Abend!« - »Ja und?« - »Der ist verrückt!« - »Was genau meinst du?« - »Na er kommt jeden Abend und bezahlt, ohne sie zu ... du weißt schon!«

5

Ich betrat den Vorlesungssaal, der schon zur Hälfte gefüllt war. Auch Inés war da. »Idrissa!« - Ich ging an ihr vorbei und setzte mich ein paar Reihen hinter ihr. Während der Professor dozierte, konnte ich mich kaum konzentrieren. Meine Gedanken waren nur bei Inés, bei der wunderschönen Inés. Auch sie schien nicht ganz bei der Sache zu sein. Sie drehte sich oft zu mir um und sah mich mit einem Blick an, den ich noch nicht kannte, als sei ich ihr wichtig, als würde sie mich mögen. Nach zwei Stunden, die erste Vorlesung war endlich zu Ende, ging ich mit einem leeren Blatt, ohne jegliche Notizen, in die Mensa, holte mir das Mittagsmenü und setzte mich an einen freien Platz. Während alle anderen in kleinen Grüppchen zusammen saßen und sich unterhielten, saß ich alleine und stocherte in meinem Essen herum. Inés kam. »Idrissa! Ich will mich bei dir entschuldigen! Pablo ist ein Idiot!« - »Nein, ich muss mich entschuldigen! Ich hätte dich nicht umstoßen dürfen. Ich war sauer, aber das war falsch!« - »Schon vergessen. Darf ich?« - Sie deutete auf den freien Platz hin. »Gerne« - »Wie fandest du die erste Vorlesung?« - »Ehh« - Sie schaute auf meinen leeren Notizzettel. »Nicht so aufgepasst?« - »Nein« - »Ich auch nicht«, lachte sie und zeigte mir ihren, ebenfalls leeren, Notizzettel. »Was war los?«, fragte sie. »Ich hatte ein schlechtes Gewissen und musste an dich denken«, antwortete ich. »Ging mir genauso. Du bist mir seit

gestern irgendwie nicht mehr aus dem Kopf gegangen«
- Wir grinsten uns an, schauten dann aber beide auf
unser Essen, schüchtern und nicht wissend, was wir als
nächstes sagen sollten. »Ich besorge mir die Notizen
von einer Freundin. Wir können heute Abend
zusammen lernen, wenn du willst« - Mein Herz schlug
einmal kräftig. »Das klingt toll« - »Soll ich zu dir
kommen?« - Mein Herz schlug noch kräftiger, doch
hörte nicht auf. Ich dachte an Mama. Niemand sollte sie
sehen. »Wir sind gerade erst in das neue Haus
eingezogen und es ist noch nichts richtig ausgepackt.
Ich würde dich nur ungerne in das Chaos einladen« -
»Dann komm zu mir« - »9 PM?« - »Ich freue mich!«,
grinste sie. Dann kam Pablo und begrüßte Inés, indem
er ihr einen Kuss auf den Kopf gab. Inés sah mir dabei
tief in die Augen. »Ah, der Monsieur ist auch wieder
da!« - »Pablo!«, unterbrach sie. »Du entschuldigst dich
jetzt bei Idrissa!« - »Was hast du denn?« - »Nein du
entschuldigst dich! Idrissa gehört jetzt zu uns, ob du
willst oder nicht, du bist nett zu ihm!« - Pablo reichte
mir seine Hand. Ich schlug ein – wenn es keine Inés
gegeben hätte, hätte ich zugeschlagen. »Ich komme
heute Abend vorbei, okay? Ich habe die Vorlesung nicht
so ganz verstanden« - Inés sah mir wieder tief in die
Augen und schenkte mir ein schmutziges Grinsen. »Ich
kann heute nicht!« - »Wie du kannst nicht?«, entsetzte
Pablo. »Ich kann halt nicht!« - »Was? Und wer soll mir
den Stoff beibringen?« - »Weißt du Pablo, wenn du das
alles ein bisschen ernster nehmen würdest und nicht in

der ersten Vorlesung geträumt hättest, müsste dir niemand etwas erklären!« - Sie servierte ihn eiskalt ab. Pablo war verblüfft. »Bis dann, Idrissa!«, zwinkerte sie mir zu und ging. Pablo setzte sich auf ihren Platz und aß ihr Essen weiter. »Was ist mit der, mon ami?«, fragte er mich. »Keine Ahnung. Frauen. Ich muss los, wir sehen uns!« - Fassungslos starrte er nun auf das Essen.

Nach der Uni wollte ich mich für einen neuen Nebenjob bewerben, da mein Vertrag in meinem alten Job nicht verlängert wurde. Ich ging in ein Schnellrestaurant, das an ein amerikanisches Diner erinnerte, mit gekachelten Fliesen, ledernen Sitzbänken und einem langen Tresen. Aus der Musikbox ertönte Jazz. Das ist es, dachte ich, hier muss ich arbeiten. Am Tresen stand eine hübsche Andalusierin. Ich fragte das junge lockige Mädchen, ob der Chef zu sprechen wäre. Sie holte ihn. Ein großer, korpulenter Mann in Hemd und Krawatte kam. »Was ist?« - »Hallo, mein Name ist Idrissa. Ich suche einen Job« - »Ja, und?« - »Ich würde gerne hier arbeiten. Mir gefällt das Ambiente, die Musik. Ich könnte mir gut vorstellen, das Team zu unterstützen« - »Moment. Du willst hier arbeiten?« - »Ja?« - Hatte ich doch gesagt, verstand er mich nicht? »Du willst hier arbeiten?«, lachte er, »vielleicht in der Küche als Tellerwäscher!« - Die Gäste drehten sich um. Erinnerungen kamen hoch. Ich wurde wütend und traurig zur selben Zeit. »Komm, mach dich raus!« - »Señor!« - »Nein, nichts Señor! Verlasse meinen

Laden!« - Ich blickte in die selben Augen, wie Morel sie hatte.

Es war schon spät. In einer halben Stunde wollte ich bei Inés sein. Das war der erste Abend, an dem ich nicht zu Amara ging. Ob sie sich Sorgen machte? Doch meine Gedanken um sie verschwanden schnell, da die tanzende Inés immer wieder durch meine mit Blumen gedeckte Phantasie sprang. Ich stieg in den Bus, der mich in das Viertel von Inés brachte. Dort standen nur prächtige Häuser, Villen, ja, fast schon Paläste. War ich richtig? Ich schaute auf mein Handy. In zwei Blocks war ich da. In ihre Straße eingebogen, traute ich meinen Augen nicht – es schien, als sei die Straße mit Gold gepflastert; jedes Haus hatte eine eigene Einfahrt, in der teure Autos standen, eine eigene Veranda, die größer als unser Haus war, Türme oder mit Stuck verzierte Hauswände, die das prunkvolle Haus noch majestätischer machten. Das Haus von Inés sah aus, wie in einem Film. Ich traute mich kaum zu klingeln, aus Angst, die Haushälterin würde die Polizei rufen, da sie besorgt sei, dass ich ein Verbrecher, getarnt als schwarzer Kommilitone, wäre. Meinen Finger auf der Klingel gelegt, wurde ich nervös. Eine ältere schwarze Frau in Haushälterkleidung öffnete. »Sie wünschen, Señor?« - »Hallo«, stotterte ich, aus Verblüffung, dass sie schwarz war. »Ich … eh … ich wollte … ist Inés da?« - »Señora Inés ist da. Treten Sie ein« - Ich trat ein und wurde von den hohen Decken, der riesigen gewendelten Treppe und den, in Gold gerahmten, Gemälden erschlagen. »Warten Sie hier, Señor« - Sie ging die Treppe hinauf und kam eine Minute später wieder herunter. Als sie an mir vorbeiging, schenkte sie mir ein Lächeln. Dann kam Inés, die sich in der ersten Etage an das Geländer der Treppe lehnte und mich ansah. »Da bist du ja!«, freute sie sich. Sie stieg auf das Geländer und rutschte zu mir herunter, sprang ab und stolperte direkt in meine Arme, sodass wir uns umarmten. »Hey«, sagte sie ganz nah an meinem Gesicht. »Hey«, antwortete ich etwas unbeholfen. »Wollen wir hoch?« - »Ja« - »Willst du etwas trinken?« - »Nein, danke« - »Sicher?« - »Ja« - »Blanca«, sie meinte die Haushälterin, »kann dir aber etwas bringen. Kaffee, Cappuccino, Espresso? Saft, Limonade, Wasser?« - Sie bestand schon fast darauf, dass mir ihre Dienerin etwas bringen sollte. »Ein Wasser«, bestellte ich, jedoch nur aus Höflichkeit und damit sich Blanca meinetwegen keine Umstände machen musste. »Willst du etwas essen? Heute gab es Enchiladas. Blanca kann sie für dich aufwärmen!« - »Nein, wirklich nicht, Inés. Wollen wir einfach hoch?« - Sie rief Blanca zu, dass wir gerne zwei Wasser aufs Zimmer hätten. Ich hatte irgendwie ein schlechtes Gewissen und fühlte mich dabei nicht gut. Wo kam ich her, dass ich von einer, auch noch schwarzen, Dienerin bedient wurde? Als Blanca das Wasser ins Zimmer brachte, nickte ich ihr entschuldigend zu. Sie schloss die Augen und gab mir zu verstehen, dass es schon okay wäre. Doch jetzt versuchte ich Blanca erst einmal aus meinen Kopf zu bekommen, denn ich lag mit der schönen Inés auf dem Bett.

Ich holte meine Unterlagen heraus. »Findest du mich hübsch?«, fragte Inés, während sie an die Decke schauend ihre Beine überschlug. »Schon«, antwortete ich, ohne zu sehr meine Begeisterung über ihr Aussehen, zu zeigen. »Leg doch mal das Heft weg« - »Wozu? Wollen wir nicht lernen?« - »Findest du mich echt hübsch?« - »Ja, sagte ich doch. Warum sollte ich lügen?« - »Was findest du hübsch an mir?« - »Ich mag deine kleinen Grübchen, wenn du lachst« - »Wie findest du meine Beine?«, fragte sie und streckte sie in die Luft. »Sind sie schön?« - »Ja« - »Und meinen Bauch?« - Sie zog ihr Shirt ein kleines Stück hoch, sodass ich den Ansatz ihrer Unterwäsche sah. »Findest du ihn schön?« - »Ja« - »Würdest du gerne deine Hand darauf legen, ihn berühren, meine weiche Haut anfassen?« - Ich schwieg. »Was ist mit meinen Brüsten? Sind sie zu klein?« - »Sie sind perfekt« - »Und mein Gesicht? Meine Lippen? Würdest du sie gerne küssen?« - Ich sah sie an. »Du würdest sie gerne küssen, habe ich recht?« - Ich sagte nichts, sondern griff sie an der Hüfte und küsste sie. Sie zog mein Shirt aus und war gerade dabei meinen Gürtel zu öffnen, als ich sie fragte, was mit Pablo sei. »Vergiss den Idioten!« - »Sicher?« - »Vergiss ihn einfach!« - Dann sprang die Tür auf und ein übergroßer, wuscheliger Hund stürmte hinein. Ich schrie panisch. »César!«, schrie Inés. »Hau ab, César! Verschwinde!« - »Was ist das?«, schrie ich weiter total überfordert und verängstigt und überrascht. »Mach, dass du weg kommst, César!« - César knurrte mich an und kam näher. »César!«, schrie ich nun ihn an, »hau ab!« - Er knurrte weiter. »Was ist hier los, Inés?« - »Zieh dich an, meine Eltern kommen!« - Sie richtete ihren BH, knöpfte ihre Jeans zu und sperrte diesen bescheuerten Hund aus dem Zimmer. Mein Puls war auf 180. Ich wusste nicht, ob das wegen dem Hund oder wegen ihren Eltern war. Ein Schwarzer in einem weißem Haus, mitten in einem Reichenviertel, bei der kleinen unschuldigen Tochter im Bett. Ich fühlte mich unbehaglich. Wie würden die Eltern reagieren? »Idrissa?«, sie drückte mir mein Shirt auf die Brust. »Du musst jetzt kurz da rein!« - »Der Wandschrank?«, fragte ich hysterisch. »Nur, bis sie weg sind!« - Widerwillig ging ich hinein. Wer weiß, wie die Eltern waren, dachte ich. Nachher hätten sie mich noch verhaften lassen.

Aus dem Schrank hörte ich das Gespräch zwischen Inés und ihrem Vater mit. »Wieso hat der Hund gerade so gebellt?« - »Ich weiß es nicht, Papa. Ich habe doch schon oft gesagt, dass mit César irgendetwas nicht stimmt!« - »Lass das! Wir haben etwas vergessen. Deine Mutter holt nur ihre Tasche, dann sind wir wieder weg!« - »Okay, Papa!« - »Pass auf dich auf!« - »Mach ich, Papa!« - Bevor er die Tür zuzog, warf er noch einen Blick in das Zimmer. Zum Glück sah er nicht meine auf dem Boden liegenden Socken und meine Tasche.

»Die Luft ist rein!« - Ich verließ den Kleiderschrank. »Komm her!«, befahl sie. »Ich kann das jetzt nicht!« - »Was ist? Hast du Schiss? Mein Vater ist weg, der kann dir nichts mehr!« - »Das ist es nicht!« - »Was dann?« - »Ich kann mich darauf jetzt nicht konzentrieren. Und außerdem, was ist mit Pablo?« - »Ich sag dir jetzt mal was über Pablo! Pablo ist ein Arschloch! Er betrügt mich! Ich bin nur mit ihm zusammen, weil Papa ihn so liebt und mir deswegen teure Kleider kauft und mein Studium finanziert. Ich hätte mich schon lange von ihm getrennt, wenn er nicht Papas Musterschwiegersohn wäre!« - Stille. »Was hast du denn für Probleme, Idrissa?« - »Ich brauche einen Job!« - »Wie? Ist das alles?« - »Ja, wieso? Hast du mich einmal angeschaut? Ich bin schwarz! Mich stellt so schnell keiner ein!« - »Ich besorge dir einen Job bei Papa im Restaurant!« - »Und du glaubst, dass er mich einstellt?« - »Wenn ich ihn darum bitte und sage, dass du ein Freund bist, ja. Du darfst ihm nur nicht erzählen, dass du mich ...« - Wir lachten. »Ich glaube, du schuldest mir etwas!«, sagte sie in verführerischer Stimme.

6

Mit dem Bus in das kleine Dorf gefahren, bin ich nicht direkt nach Hause, sondern wollte noch zu Amara. Die rot beleuchtete Gasse sah man schon von Weitem. Wie jeden Abend nickten mir die beiden merkwürdigen

Typen zu, ohne etwas zu sagen. Schmaler Gang, besonderer Gestank. Klopf, Klopf. »Idrissa!«, begrüßte mich Amara freudig. »Ich dachte schon, du kommst heute nicht mehr!« - »Amara!« - »Wo warst du denn?« - »Ich war unterwegs« - »Komm rein« - Sie zog sich aus und zündete zwei Zigaretten an, gab mir eine und rauchte genüsslich, wie fröhlich. »Wie geht es dir?« - »Gut, Amara, mir geht es gut« - Sie zog mein Shirt hoch. »Nein, Amara. Lass« - »Was ist los?« - Sie legte ihren Kopf auf meine Schulter. »Was hast du denn?« - Sie fing an meine Schultern zu massieren. »Ich habe mich heute mit Inés getroffen« - Amara zuckte. »Hast du dich entschuldigt?« - »Ja« - »Und dann?« - »Ich war gerade bei ihr« - »Lief was?« - »Ich glaube, ich habe mich verliebt« - »Was?« - »Ja … ich weiß auch nicht« - Sie wurde komisch, distanzierter, zurückhaltender. »Lief denn was?«, fragte sie erneut. »Wir hatten Sex« - Sie zog mehrere Male an der Zigarette. »Na, ist doch schön für dich«, beendete sie den Körperkontakt und verschränkte die Arme vor ihren Brüsten und zog weiter an der Zigarette. »Ist was?« - »Was soll sein?« - »Ich weiß nicht, Amara. Sag du es mir« - »Es ist nichts« - »Sicher?« - »Hauptsache, dir geht es gut dabei!« - »Ich glaube schon« - »Vielleicht solltest du jetzt gehen« - »Was?« - »Ich habe später noch einen Kunden« - Ich blickte sie an, doch sie schaute nur auf den Boden. »Ja, vielleicht ist es besser« - Ich legte wieder ein paar Scheine auf den Nachttisch. »Nein! Steck sie wieder ein!« - »Was ist mit dir, Amara?« - »Es ist nichts! Verdammt! Nimm dein Geld und geh einfach!« - Sie drehte mir den Rücken zu. Ich stand auf, öffnete die Tür und warf ihrem Rücken noch einen Blick zu, dann verließ ich das Gebäude. Die zwei Typen sprachen mich an. »Na, Junge? Heute doch mal zum Schuss gekommen, he?« - »Was wollt ihr?« - »Na, du kommst heute so früh raus. Hat dich fertig gemacht, die Kleine, he?« - Ich ignorierte das und rätselte lieber über ihre Reaktion, doch versuchte nicht in endlosen Gedanken zu versinken.

Auf den nächsten Unitag freute ich mich genauso sehr, wie ich aufgeregt war. Wie sollte das Wiedersehen mit Inés werden? Vor allem, wenn Pablo dabei war. In der ersten Vorlesung habe ich sie nicht gesehen. Pause. Mensa. Ich setzte mich wieder alleine an einen Tisch, da ich, bis auf Inés und Pablo, niemanden kannte und die beiden nicht da waren. Doch während ich in meinen Spaghetti herumstach, hörte ich Inés' Stimme. »Da ist er doch!«, sagte sie zu Pablo. »Idrissa!«, begrüßte sie mich küssend auf die Wange. »Wie geht es dir?« - »Salut Inés, Salut Pablo. Wo wart ihr denn?« - »Mein toller Freund hier hat verschlafen und dann im Halbschlaf losfahrend vergessen, dass er seine Freundin abholen muss« - Ich lachte. »Verdammt, die Essensausgabe ist vorbei, oder?«, fragte sie. - »Ja, ich habe die letzte Mahlzeit bekommen« - »Ich habe noch nichts gegessen und habe Hunger!«, meckerte sie, »alles wegen dir, du Held! Du verschläfst noch deinen

Studienabschluss!« - »Willst du meine Spaghetti, Inés?«, bot ich ihr an. »Und was ist mit mir?«, fragte Pablo. »Hol dir einen Apfel von den Strebern da hinten oder so, aber nerv mich nicht!« - Ich musste lachen. »Ja, genau, dann hungere ich lieber« - »Dann hungere! Ohh!«, stöhnte sie genervt. Ich kam aus dem Lachen nicht mehr heraus. Ich unterhielt mich mit Pablo, während Inés die Spaghetti aß, doch irgendetwas kitzelte an meinem Bein – es war Inés' Fuß. Sie schlüpfte aus ihrer Sandale und rieb ihn an meinem Bein ganz langsam hoch. Je höher sie kam, desto schwerer fiel es mir, mit Pablo zu dialogisieren. »Was stotterst du so, mon ami? Hast du immer noch Angst vor mir?« - Jetzt musste Inés lachen. »Weißt du was? Das wird mir zu blöd, mon ami. Ich gehe« - Sie lachte so sehr, dass ihr die Spaghetti aus dem Mund schossen.

Nach der Uni hatte ich meine erste Schicht im Restaurant von Inés' Vater. Es war ganz simple Kellnerarbeit. Ich war glücklich, dass ich endlich einen Job hatte, bei dem ich unter Menschen war. Ich wollte mich nicht mehr verstecken. Das Restaurant war nobel und die Gäste elegant gekleidet. Sie behandelten mich, als sei ich weiß, also respektvoll – das gefiel mir. Die erste Schicht arbeitete ich, die Zeit fliegend, durch.

Abends, kurz bevor meine Schicht zu Ende war, kam Inés in das Restaurant. »Inés! Was machst du hier?«, begrüßte sie ihr Vater. »Ich wollte Idrissa abholen« - »Idrissa?« - »Ja, ich wollte ihn ins Kino entführen« -

»Und Pablo? Ist er auch dabei?« - »Papa!« - »Ich frage
ja nur« - »Wir sind bloß Freunde! Er ist neu hier und
ich will ihm ein bisschen helfen!« - »Schon gut. Ich
hole ihn« - Er sagte mir, dass ich Feierabend machen
solle, weil Inés auf mich warten würde. Ich zog die
Arbeitskleidung aus und umarmte Inés begrüßend.
»Bereit?«, fragte sie. »Wofür?« - »Kino!« - »Klingt
gut!« - »Dann komm. Buenas noches, Papa!« - »Inés!
Keine Dummheiten, verstanden?« - »Ja, Papa!«,
verdrehte sie die Augen. »Danke nochmal, Señor!« -
»Bring meine Tochter vor Mitternacht zurück, okay?«
Wir schlenderten durch die warmen, jahrhundertealten
Straßen Sevillas. Bei jedem passierten antiken,
verschnörkelten Gebäude, erstaunte ich mehr. Die
Sommerluft glitt um uns herum, als wolle sie uns von
der Außenwelt eindämmen und einschließen, sodass
wir näher aneinander gingen, bis sie sich in meinem
Arm einhakte und letztlich meine Hand griff. »Schön
hier, nicht?« - »Atemberaubend!« - Eine ganze Zeit
gingen wir an dem Guadalquivir, überquerten
wundervolle Brücken, spazierten in der Altstadt, was
paradox klingt, da die ganze Stadt alt war, aber die
Altstadt war eben noch ein paar Jahrhunderte älter, und
landeten schließlich vor einer gotischen Kirche. »Willst
du hinein gehen, Idrissa?« - »Nein, besser nicht!« -
»Bist du nicht gläubig?« - »Nicht mehr« - Auf dem
Marktplatz saß ein Straßenkünstler, der Karikaturen
von Menschen zeichnete. Ich fragte ihn, ob er uns
zeichnen könnte und gab ihm ein bisschen Geld. Er

zeichnete schnelle Striche, umriss unsere Gesichter und übertrieb die Merkmale, die uns ausmachten. Nach weniger als fünf Minuten hatten wir eine witzige und schöne Erinnerung an den Abend. Ich nahm das Blatt und gab es Inés. »Nein, nimm du es!« - »Sicher?« - »Ja, dann hast du immer eine Erinnerung an mich!« - Auch ohne das Bild würde ich mich immer an sie erinnern können.

Im Kino lief ein alter französischer Schwarz-Weiß Film über eine junge und neugierige Amerikanerin, die die ganze Zeit von einem gutaussehenden und selbstbewussten Franzosen umgarnt wird, welcher wiederum auf der Flucht ist, da er einen Mord begangen hat. Sie wird von ihm in die gefährliche Welt hinein gesogen und sieht ihren Freund am Schluss auf dem Boden angeschossen sterben. Ich liebte den Film, welcher vor allem ästhetisch und künstlerisch war, Akzente setzte, die später mannigfaltig von anderen Regisseuren kopiert wurden. Inés interessierte sich kaum für den Film. Sie interessierte sich nur für mich. Es dauerte nicht lange, bis sie anfing mich zu befummeln und zu küssen. Neben ihr saßen ein Kind mit Mutter und rechts neben mir saß eine ältere Frau, die beide mitbekamen, welche sexuelle Lust Inés versprühte und auslebte, doch sie sahen stur nach vorne zur Leinwand. Sie flüsterte mir ins Ohr, ob wir nicht lieber verschwinden sollten. Ich wusste, wie der Film ausgeht – und ich wusste wie das Verschwinden ausgeht, also verschwanden wir. Noch nie traf ich eine so leidenschaftliche Frau, die es verdiente als vollblütige Spanierin betitelt zu werden.

Die nächsten Tage nutzten wir ununterbrochen, um uns zu sehen. Ich vernachlässigte sogar die Uni, weil mir Inés immer diesen lasziven Blick in der Vorlesung zuwarf. Sie hatte mich komplett in der Hand. Wenn sie rief, kam ich angekrochen. Ich konnte mich schon fast nicht dagegen wehren. Sie war zu magisch, zu elektrisierend, zu phantastisch. Dass sie mit Pablo, zumindest offiziell, noch zusammen war, störte mich nicht, denn ich wusste ja, was sie von ihm hält und dass sie ihn nicht liebt. Mit Pablo hatte ich an sich auch kein Problem, vor allem aber hatte ich kein schlechtes Gewissen ihm gegenüber. Er hat es verdient betrogen zu werden. Er war ein arroganter Schnösel und ist Inés ebenso fremdgegangen. Ich hatte kein Mitleid mit dem ahnungslosen Pablo.

7

In den nächsten Wochen lief zwischen Inés und mir alles wie gehabt. Wir waren glücklich so, wie es war. Ich konnte mich damit arrangieren, dass sie theoretisch mit Pablo zusammen war, so hatte ich wenigstens noch Zeit für Mama, während Inés mit Pablo zusammen war. Amara sah ich seit ihrem letzten merkwürdigen Auftritt nicht mehr, doch ich dachte oft an sie … eigentlich jeden Abend. Sie hatte mir Kraft gespendet – die Kraft, die ich jetzt besaß, es mit Inés' aufzunehmen und die ganzen unterschwelligen rassistischen Äußerungen anderer zu ignorieren. Das Studium lief, mehr oder weniger, auch gut, mein Job machte mir ebenfalls Spaß. Lediglich Mamas Lächeln fehlte, dann wäre alles perfekt gewesen. Doch wie das Leben so spielt, sollte nichts perfekt werden. Nicht umsonst hätte ich blutüberströmt in dem Hotelzimmer gesessen, oder?

Ich saß mit Inés in einem Café am Guadalquivir. Wir tranken ein paar Margaritas und rauchten etliche Zigaretten an diesem milden und duftenden Abend. »Warum war ich eigentlich noch nie bei dir, Idrissa?«, fragte sie. »Ach weißt du, Inés, unser Haus ist nicht so prachtvoll wie euer Haus. Ich schäme mich ein bisschen, um ehrlich zu sein« - »Du musst dich doch vor mir für nichts schämen!« - »Sicher?« - Ich dachte an Mama. War sie bereit dazu, Mama zu sehen? War Mama bereit? War ich bereit? Ich weiß es nicht. »Ich würde so gerne deine Mutter kennenlernen« - »Mama arbeitet abends« - »Oh, schade, aber ich würde heute Abend trotzdem gerne bei dir schlafen« - »Bist du sicher?« - »Ja, wirklich. Denkst du ich lache, wenn ich euer Haus sehe? Bestimmt nicht!« - Sie schenkte mir Vertrauen, Sicherheit. »Warte kurz« - Ich ging auf die Toilette und rief Mama auf ihrem Handy an. »Mama? Bist du noch zu Hause?« - »Nein, ich habe heute früher angefangen. Ist was passiert?« - »Nein, hör zu, ich habe ein Mädchen bei mir, das ich gerne mit nach Hause nehmen würde« - »Nein!« - »Was?« - »Auf keinen Fall!« - »Mama, wieso?« - »Ich will nicht, dass irgendeine Fremde mich sieht!« - »Aber Mama!« - »Nein! Ich will mich nicht auch noch zu Hause verstecken müssen!« - »Mama, ich mag sie wirklich gerne« - Stille. Mama atmete einmal tief durch. »Meinst du das ernst?« - »Ja, Mama« - »Ich komme heute Nacht um 2 AM nach Hause. Sorgst du dafür, dass ihr dann schlaft?« - »Versprochen Mama! Aber was ist mit morgen früh?« - »Ich muss um 6 AM wieder in der Wäscherei sein. Dann schlaft ihr doch noch, oder?« - »Ich werde dafür sorgen!« - »Okay, Bubu. Sei lieb zu ihr!« - »Bin ich, Mama!« - Ich ging wieder zu Inés, die wie eine Grazie den Qualm in die andalusische Duft pustete und dabei noch erotischer erstrahlte, als sie sowieso schon war. »Wollen wir?«, fragte ich. »Echt?« - Sie freute sich. »Gerne!«

Auf der langen, sandigen Straße sah ich in Inés' Augen, wie sie über die Gegend dachte, auch wenn sie versuchte sich nichts anmerken zu lassen. Konnte ich es ihr verübeln? Sie hat eine solche Gegend nie zuvor real gesehen, höchstens im Fernsehen. Aber sie hielt ihr Wort und machte keine Bemerkung. »Sind sie glücklich?«, fragte sie still. »Die Leute?« - »Ja« - »Ich habe keine Ahnung« - »Bist du es?« - »Ich weiß es nicht. Ich glaube schon« - »Hast du hier jemanden?« - »Mama« - »Außer deiner Mutter« - »Ja, eine Person, die sich um mich kümmert« - »Wer ist es?« - »Das spielt keine Rolle« - »Eine Frau?« - »Inés! Ich bin heute Abend mit dir zusammen, lass uns das einfach genießen« - »Du hast Recht, Idrissa« - An meinem Haus angekommen, umschwebte uns ein unangenehmes Schweigen. Sie wusste nicht, was sie sagen sollte. Ein Kompliment wäre offensichtlich gelogen und etwas bemitleidendes wäre unangebracht. »Ja, ich weiß« - »Schon gut, Idrissa. Du brauchst dich nicht schämen« - »Danke« - »Du weißt, ich bin manchmal verrückt, aber ich würde dir nicht weh tun!« - Diese verhängnisvolle Frau wickelte mich in Zuckerwatte und aß ganz langsam herum, sodass ich langsam aber sicher entblößt da lag und bereit zum Verspeisen war. Das wusste ich zu diesem Moment noch nicht, also gingen wir in mein Zimmer und taten das, was wir die letzten Wochen immer taten – wir entledigten uns unserer sexuellen Energie, vieler Körpersäfte, Frust, Leid und reinigten dadurch unsere Körper, unsere Seelen. Wir schliefen sofort ein.

Mitten in der Nacht wurde ich wach. Inés ist an mich gestoßen – ich hatte einen leichten Schlaf –, weil sie auf die Toilette musste. Das hatte ich nicht bedacht. Was, wenn sie Mama begegnen würde? Aber Mama müsste auch schon schlafen, sodass es unwahrscheinlich, aber nicht unmöglich war, ihr zu begegnen. Inés ging auf die Toilette, ich lag im Bett und was keiner wusste: Mama stand in der Küche, um ein Glas Milch aufzuwärmen. Ich schloss die Augen und versuchte wieder einzuschlafen. Ein Schreck. Ein Schrei. Zwei Schreie. Drei Schreie. Unaufhörliches Geschrei. »Mama!«, donnerte ich. Ich lief in die Küche und sah, wie Inés, die Hände vor die Augen haltend, vor Mama stand und nicht aufhörte zu schreien. »Bubu, ich wusste nicht … ich … ich hatte doch gesagt!« - Mama stand ohne Burka, dafür aber mit, für Fremde, gruseligen und abscheulichen Gesicht unter der Küchenlampe, mitten im Rampenlicht. Ich wusste nicht, was ich machen sollte, was ich sagen sollte. Inés lief an mir vorbei ins Zimmer. »Es ist der Schreck, Bubu. Beruhige dich, alles wird gut. Reg dich nicht auf!« - »Es tut mir leid, Mama!«, lief mir eine Träne herunter. Ich wollte nicht, dass Mama so beschämt wird – angeschrien wird, als sei sie eine Aussätzige. »Entschuldige bitte, Mama!«, legte ich mein Gesicht auf ihre Schulter. »Schon gut, Idrissa. Schon gut. Geh zu ihr«

Inés fasste sich wieder, hatte aber trotzdem noch die Decke bis zu ihrem Kinn gezogen. »Es tut mir leid, Idrissa!« - »Nein, es tut mir leid. Ich wollte nicht, dass das passiert. Deswegen sind wir nie zu mir gefahren!« - »Ich habe mich nur erschrocken!« - »Geht es dir wieder gut?« - »Ja. Kannst du sie morgen um Verzeihung bitten? Ich wollte nicht wie ein kleines Mädchen kreischen« - »Alles gut. Lass uns einfach schlafen« - Doch sie öffnete immer wieder die Augen, drehte sich zu mir, als wollte sie mir etwas sagen, ließ es dann jedoch und versuchte einzuschlafen, bis es ihr herausplatzte. »Hat sie dich gerade tatsächlich ›Bubu‹ genannt?« - »So nennt sie mich schon, seitdem ich ein kleines Kind war« - »Ich finde es ein bisschen albern« - »Mach dir doch keine Gedanken darüber, schlaf einfach«, reagierte ich etwas verärgert. »Aber Bubu? Ich meine, wie alt bist du denn? Zehn?« - »Was soll das?«, fuhr ich sie an. Einen kurzen Moment war es still, bis sie anfing zu lachen. »Bubu« - Sie hörte nicht auf. Ich sah sie ernst an. »Okay, tut mir leid!« - Ich versuchte meine Wut zu verdrängen. »Also, wenn ich darüber nachdenke, ist deine Mutter eine ganz schöne Gestalt!« - »Was redest du da?« - »Na, ich meine ja nur« - »Was soll das?« - »Ich sage ja nur, dass irgendetwas nicht mir ihr stimmt« - Innerlich brodelte ich schon, hielt mich aber zurück. »Können wir meine Mutter vergessen?« - »Klar«, kicherte sie. »Aber ihr Gesicht? Ohje!« - Dann platzte irgendetwas in mir, irgendetwas riss durch und irgendetwas explodierte so stark, dass ich mich auf sie schmiss sie würgte. Sie lachte weiter. »Was stimmt nicht mit dir?«, schrie ich sie an. »Bubu!« - Ich würgte sie stärker am Hals, sodass sie errötete und ihre Adern zum Vorschein kamen. »Komm schon, Bubu«, lachte sie noch immer, »was würde Mami sagen, wenn sie dich jetzt sieht?« - Es war vorbei. Ich würgte sie stärker und stärker, sodass sie keine Luft mehr bekam, sodass ihre Stimme wegfiel, sodass sie mit ihren Armen krampfhaft versuchte sich zu wehren, sodass ihre Beine strampelten, sodass ihre

Augäpfel fast heraussprangen, sodass sie vor Angst in ihre Unterwäsche urinierte. Inés war tot. Ich löste meine Hände, die wie verkrampft, wie versteinert an ihrem Körper festhielten, aus dem ihre Seele langsam hinaus in die Luft, durch die geöffneten Fenster in die Atmosphäre und in die Hände Gottes glitt. Er sollte entscheiden, was mit ihr passiert. Ihre weichen, vollen Wangen fühlend, empfand ich keinerlei Schuldgefühle. »Jetzt bist du auch nicht mehr hübsch!« - Ich dachte mit dem Neuanfang wird alles besser, mit der Begegnung Inés' alles vergoldet, doch je länger der Schmerz, das Leid fort war, desto schmerzhafter kam der Bumerang zurück. Zu schade wäre es, wenn ihr Gesicht unter der Erde verschwindet. Ihre geschmeidige Haut, dachte ich, wie würde sich diese atemberaubend geschmeidige und makellose Haut auf dem Gesicht meiner Mutter machen? Wenn ich sie nur abziehen könnte, wenn Mama nur in diese Maske schlüpfen könnte. Für einen kurzen Moment überlegte ich, die ersten Erfahrungen aus dem Studium anzuwenden – mit einem scharfen Messer ihre Haut an den Wangenknochen aufzuschneiden und über Mamas verletztes Gesicht zu legen, anzunähen und sie glücklich zu machen. Oder noch besser – ich könnte das perfekte Gesicht, aus mehreren hübschen Frauen, erstellen und Mama unendlich und vollkommen schön machen. Ihre Seele, ihr Inneres war es schon, es fehlte nur noch ihr Äußeres. »Ich habe es befürchtet!«, stand Mama in der Tür. »Mama!« - »Denk gar nicht daran!« - Wusste sie, was ich dachte? - »Mama, ich wollte es nicht! Sie hat nicht aufgehört!« - »Bubu!« - »Es tut mir leid!« - Ich lief aus dem Haus, lief die lange, sandige Hauptstraße entlang, lief zu der einzigen Person, der ich das anvertrauen konnte.

8

»Zur Seite!«, rempelte ich die beiden merkwürdigen Gestalten an, die mir prompt Platz machten, als wüssten sie über meine verzweifelte Lage Bescheid. Ich klopfte wie wild an die Tür, doch Amara öffnete nicht. »Amara!« - »Besetzt!«, rief eine Männerstimme. »Amara! Ich bin es, Idrissa!« - Kurzer Moment Stille. »Verschwinde! Komm in einer halben Stunde wieder!« - »Amara! Es ist ein Notfall!« - »Verzieh dich! Ich bin dran!«, ertönte die männliche Stimme erneut. »Ich … ich habe etwas getan, Amara! Ich brauche dich!« - Im Raum wurde es leise. Zehn Sekunden später öffnete Amara die Tür einen Spalt und verdeckte den halbnackten Kunden, der auf dem Bett mit geöffneter Hose lag und wild herum gestikulierte, ob das ihr Ernst sei. »Idrissa! Was ist los? Siehst du nicht, dass ich einen Kunden habe?« - »Ich … Inés … ich …«, stotterte ich. »Was ist los, Schätzchen? Wimmelst du den Verlierer jetzt ab?«, mischte sich der Kunde wütend ein. »Man, halt die Klappe!«, schrie sie ihn an und wendete sich wieder mir zu. »Du siehst schlimm aus! Was ist passiert? Was ist mit Inés?« - »Ich brauche dich!« -

»Schätzchen! Kommst du jetzt?« - »Pack deine Sachen und verpiss dich, Nigger!« - »Was?«, fragte er noch wütender. »Henrique! Salvador!«, schrie sie hilfebittend lauthals in den Flur, dann kamen die beiden Typen, die sonst nur friedlich vor dem Eingang standen. Nun kannte ich ihre Namen. »Macht der kleine Mann Ärger?«, deutete Henrique auf mich. »Nein! Schafft diesen widerlichen Typen aus meinem Zimmer!« - »Bist du sicher?«, vergewisserte er sich. »Und Diego?«, schob Salvador ein. »Mach dir um Diego keine Sorgen, ich werde es aus meiner Tasche bezahlen!« - »Wie du willst!« - »Kollege!«, blickte Henrique aggressiv zu dem Kunden. »Anziehen! Das Spielchen ist vorbei!« - »Ich bin noch nicht fertig!« - Salvador zog ihm eins mit dem Schlagstock über. »Scheinst etwas Besonderes zu sein, kleiner Mann!«, sagte Henrique zu mir, während er den halb bewusstlosen Kunden an den Füßen herauszog und anschließend auf die Straße schmiss. »Komm herein!« - Sie holte mich in ihr Zimmer. »Ich … Amara … ich … ich … Inés …« - »Idrissa! Beruhige dich! Du bist in Sicherheit! Du bist bei mir!« - Ich wusste das, dennoch hyperventilierte ich und rang nach Luft, als ob ich nur Staub einatmen würde. Sie fasste mit beiden Händen an meine Wangen. »Hey, guck mich an! Du bist bei mir, okay?« - »Ja« - »Entspann dich! Es wird dich niemand hier finden, egal was los ist!« - Es war, als wusste sie, was ich getan hatte. »Kommst du runter?«, fragte sie. Ich kam runter, seitdem ich bei ihr war – immer, wenn ich bei ihr war.

»Willst du mir erzählen, was passiert ist?« - Ich fing an zu heulen. Dann fing ich an zu beichten.

Ich erzählte ihr, dass ich Angst vor der Zukunft hatte. Was sollte das auch werden? Alle würden sich fragen, was mit Inés passiert ist. Vielleicht wusste jemand, dass sie mit mir war, dass sie bei mir zu Hause war. All ihre Freunde würden mich ins Kreuzverhör nehmen – doch noch schlimmer, denn wenn sie es täten, würde es die Polizei erst recht tun. Damals bei Morel konnte ich einfach weglaufen, doch das war nicht möglich. Ich konnte nicht mein ganzes Leben, immer wenn etwas passiert, davon rennen. Ich war so unsicher, ob ich diese Zeit, das ständige auf der Hut sein, die permanente Beobachtung, ob ich nicht doch einen Hinweis auf Inés' Verschwinden ans Tageslicht blicken lasse, überstehen würde, doch wer konnte sie denn schon mit mir verbinden? Eigentlich niemand. Wir waren offiziell nur Freunde – dass wir eine Affäre hatten, wusste keiner. Sie war, von Außen betrachtet, in einer glücklichen Beziehung mit dem ahnungslosen Pablo, der später noch viel ahnungsloser und vor allem noch dümmer dastehen würde, doch dazu mehr, wenn es soweit ist. Also eigentlich hatte ich nichts zu befürchten, solange ich ein einstudiertes Programm schauspielerte. Eine angemessene Trauer, mit gelegentlichen Weinen – halt in dem Ausmaße, wie es für Freunde, die sich noch keine Ewigkeit kennen, aber doch recht vertraut waren, angebracht war.

Zum Glück hatte ich Amara. Sie war immer für mich da. Ohne sie wäre ich wahrscheinlich hysterisch durch die Straßen gelaufen und hätte mich verdächtiger gemacht, als ich überhaupt war. Für die Polizei war ich doch eigentlich nur ein unwichtiges und unnötiges Puzzleteil, das in der falschen Schachtel lag. Und was die Freunde angeht? Ich würde mich ihrem Verhalten anpassen. »Danke, Amara! Ich wüsste nicht, was ich ohne dich wäre!« - Diese Frau löste jedes meiner Probleme in Luft auf und zügelte meine Ängste, streichelte meine Seele. »Du weißt, dass du immer zu mir kommen kannst!« - »Kannst du mir verzeihen?« - »Sie hat es verdient! Nicht?« - »Du bist so eine gute Frau!« - »Weißt du … immer, wenn du bei mir bist, kann ich für einen kurzen Moment aus meinem Leben entschwinden und mich fühlen, als sei alles in Ordnung!«, sagte sie so sanft, als fiele ich in Trance und hörte diese Worte, als kämen sie aus meinem Mund. Für einen Moment dachte ich, dass ich sie aussprechen würde. »Du denkst, dass ich dir Kraft gebe, aber es ist umgedreht – du gibst mir Kraft! Mehr, als du dir vorstellen kannst!« - Als sie das sagte, bemerkte ich erst, dass ich so gut wie nichts über sie, über ihre Vergangenheit wusste. Jedes Mal, wenn ich bei ihr war, ging es nur um mich. Natürlich wusste ich ein bisschen, doch die wesentlichen Dinge, warum sie das macht, was sie macht oder was der genaue Grund ist, warum sie Frankreich verlassen hat, wusste ich nicht. Ich sah sie immer nur an, und wusste, dass in ihr eine Geschichte steckt, die sie mir schon erzählen würde, wenn sie dazu bereit war.

Ihr Gesicht, ihre Züge, ihre Erscheinung erinnerten mich an Mama in jüngeren Jahren. Amaras Gesicht war nur viel schwerer vom Leben gezeichnet, zumindest im Vergleich zu dem Bild, was ich von Mama im Kopf hatte – Mama war jung, ich war noch nicht geboren und sie hatte keine Sorgen. Heute würde Mama außer Konkurrenz stehen – niemandes Gesicht war mehr von Leid durchtrieben und von Scheusal gezeichnet. In Amaras Augen spiegelten sich grausame Erzählungen und mit jedem gewachsenen Zentimeter Haar erfuhr sie mehr Leid. Wie muss das sein? Von Tag zu Tag, von Kunde zu Kunde, automatisierte Routine. Ein Blinder hätte sehen müssen, dass diese starke Frau, die so schwach war, sich selbst nicht mehr spürte, sich am liebsten in die Ecke werfen und embryonal liegend sterben würde, doch ich sah das nicht – ich sah das noch nicht. Ich sah nicht, wie sie sich vor ihrem eigenen Spiegelbild ekelte, wie sie nicht mehr mit sich leben konnte, aber was sollte sie machen? Ihr blieb kein Ausweg. Sie musste jeden Tag die Qual, stinkende Körper, schmierige Haare, betrügende Männer, die nicht einmal ihren Ehering auszogen, über sich ergehen lassen. Wenn die Männer weg waren, blieben nur die eingebrannten Gesichter der Kinder in ihrem leeren Kopf, und ich quatschte immer und immer wieder … diese arme Frau … von meinen Probleme, die weiß Gott nicht leicht, aber dennoch nicht die einzigen in

133

diesem Raum waren. Bis ich das merken sollte, würde es noch ein bisschen dauern.

»Wer ist eigentlich Diego?«, fragte ich. »Was?« - »Diego. Du hast ihn vorhin erwähnt« - »Niemand« - »Sicher?« - »Idrissa, es ist alles gut!« - Ihr Mund und ihre Augen waren nicht synchron. »Du solltest zu deiner Mama gehen. Sie braucht dich!« - »Ich weiß, aber« - »Was aber? Wieso bist du weggelaufen?« - »Ich kann das nicht mehr« - »Was?« - »Mit ihr reden« - »Was meinst du?« - »Ich kann ihr nur schwer in die Augen schauen, ohne dass ich ihr geholfen habe! Sie hat ein so schweres Leben und ich mache ihr noch mehr Probleme!« - »Idrissa, was willst du denn machen? Die Zeit wird schon kommen!« - »Das reicht aber nicht! Diese Maske … ich sollte diese Maske«, dachte ich nach. »Was für eine Maske?« - Ich zögerte einen Moment, ob ich ihr von meinem Gedanken, als ich Inés' weiches Gesicht in meinen Händen hielt, erzählen sollte. »Amara, ich gehe jetzt zu Mama. Du hast recht, sie wird meine Hilfe brauchen!« - »Bleibst stark, steh deiner Mama zur Seite! Es wird alles gut! Und lass dich blicken«, sagte sie, als wollte sie mich nicht gehen lassen. Ich legte ihr den doppelten Betrag auf den Nachttisch. Sie drückte mir einen Kuss auf die Wange, so wie sie es noch nie tat, dann verabschiedete ich mich zum ersten Mal bei den beiden merkwürdigen Gestalten, die nicht mehr merkwürdig waren, sondern Henrique und Salvador hießen. »Mach es gut, kleiner Mann!«

Den ganzen Weg nach Hause überlegte ich, was ich mit Inés' Leiche tun sollte. Wo schafft man denn eine Leiche hin? Doch es war alles einfacher, als gedacht. Ich öffnete die Haustür und sah Mama, die mit nassen Haaren und einem Tee auf dem Sofa saß. »Mama!«, entsetzte ich. »Bubu«, sagte sie erschöpft, als hätte sie Berge versetzt. »Komm zu deiner Mama!« - »Was ist mit Inés?« - »Komm zu mir« - Ich setzte mich neben Mama. Sie nahm meinen Kopf, legte ihn in ihren Schoß und streichelte über meine kurzgeschorenen Haare. »Es ist alles erledigt« - Ich wollte meinen Kopf anheben, damit ich Mama angucken konnte, doch sie drückte ihn wieder herunter. »Schlaf jetzt, mein Engel, schlaf« - Dann schlief sie ein. Was hatte ich für eine starke Mama?

9

Zwei Jahre vergingen und was in dieser Zeit geschah, ist relativ schnell erzählt. Ich tat eigentlich nichts anderes, als mich auf das Studium zu konzentrieren. Ich verpasste keine einzige Vorlesung mehr, warum auch? Inés, die mich und mein ursprüngliches Vorhaben, Mama zu heilen, ablenkte, war nicht mehr da. Nach der Uni steckte ich meinen Kopf in sämtliche Bücher, die auch nur im Entferntesten mit Chirurgie zu tun hatten. Der goldene Plan lag wieder auf meinem Schreibtisch und musste endlich vollendet und ausgeführt werden.

Um ehrlich zu sein, fühlte ich mich bereit dazu. Ich habe sehr viel gelernt. Das einzige Problem dabei war, dass ich noch weitere Semester studieren musste, um überhaupt in die Nähe eines OP-Saals zu kommen. Es war noch ein weiter, langer und schmerzender Weg, bis Mama lächeln konnte. Nach Inés' Tod kapselte ich mich von allen ab. Ich hatte mit keinem Kontakt. Auch in der Uni redete ich mit kaum jemanden. Einzig Amara besuchte ich. Öfter als zuvor. Ich habe gemerkt, dass die ganzen Menschen, mit denen ich verkehrte, auch wenn es nur flüchtige Gespräche waren, nicht voran brachten, nicht gut taten, mich nur aufhielten. Den Job im Restaurant habe ich auch gekündigt. Ich fühlte mich wieder beobachtet, verachtend angeschaut – vielleicht war es Einbildung – aber seitdem Inés weg war, war irgendwie alles anders. Mit ihrem Verschwinden, schwand auch ein kleiner Teil meines Selbstbewusstseins. Wenn wir schon über Inés reden. Was mit ihr passiert ist?

Bis zum nächsten Abend hatte niemand überhaupt bemerkt, dass Inés verschwunden war. Ihre Eltern dachten, sie sei bei Pablo. Pablo dachte, sie sei bei ihren Eltern. Ihre Freunde wussten nicht, wo sie war, aber das war normal. Nur ich wusste es. In einer anderen Sphäre. Ob oberhalb oder unterhalb – das sollte der Herr entscheiden. Ich habe sie hier oben zumindest noch nie gesehen. Abends wollte Inés ursprünglich zurück bei ihren Eltern sein, doch sie kam nicht. Eine Stunde verspätet, zwei Stunden verspätet und ihr Vater wurde nervös. Er rief sie auf ihrem Handy an. Mailbox. Eine weitere halbe Stunde später rief er bei Pablo an. »Wo sie ist? Keine Ahnung! Sie hat gestern Abend abgesagt. Ist sie nicht bei euch?« - War sie nicht. Also wurde die ganze Familie ungeduldig und noch nervöser. Ihre Mutter verständigte sofort die Polizei und der Vater fragte in der Nachbarschaft. Fünf Stunden, nachdem sie zum Abendessen verabredet waren, lief die Familie, Pablo und einige befreundete Nachbarn durch die Straßen und suchten sie. Natürlich fanden sie nichts. Auch in den folgenden Tagen kam sie nicht heim. So leid es mir um die Mutter und dem Vater tut – aber es war nicht meine Schuld. Die Polizei ordnete eine groß angelegte Suchaktion an. So etwas gibt es nur bei Weißen. Bei reichen Weißen. Ich stellte mir vor, wie ein unschuldiges, armes schwarzes Mädchen verschwindet. Niemand, außer ihrer Mama und Papa, hätte sich einen Dreck darum geschert, ob sie vergewaltigt in einem Waldstück abgeladen wurde und ihre vor Schmerzen triefenden Wunden des Hasses versiegeln, sie zu schwach ist, um aufzustehen und elendig krepiert, so entfernt von allem, dass sie niemand findet und niemals gefunden wird – sie stattdessen nur ein weggelaufenes Mädchen ist, ihr Selbstverschulden zugewiesen wird und sie, der kühlen und hassenden Luft wegen, schneller verwest als es üblich ist – es interessiert nicht und es kommt niemals an die Öffentlichkeit. Das kleine schwarze Mädchen ist einfach weg.

Die Suche erbrachte kein Ergebnis. Die Polizisten, die in diesem Fall ermittelten, interrogierten nicht nur ihre Familie, sondern auch all ihre Freunde. Irgendwann kamen sie zu mir. Sie stellten mir oberflächliche Fragen, die ich leicht zu beantworten wusste. Sie wussten nichts von unserer intimen Beziehung zueinander und sie schöpften auch keinen Verdacht, somit wurde ich als mögliche Verbindung zu ihrem Verschwinden schnell ad acta gelegt. Alle, egal ob Familie, Freunde oder Pablo wunderten sich, dass Inés einfach spurlos verschwunden ist, aber niemand konnte sich einen Reim darauf bilden.

Dann erfuhr ich etwas, was ich an jenem Abend, als Inés mit mir zusammen war, selbst nicht wusste. Inés und Pablo hatten in den Tagen zuvor einen heftigen Streit, den sie hauptsächlich via SMS führten. Sie haben sich tagelang gemieden, nicht miteinander gesprochen, lediglich wütende Nachrichten ausgetauscht. Inés hatte ihn erneut damit konfrontiert, dass er sie betrogen hat und sie Verdacht schöpfe, dass er es wieder tut. Sie drohte ihm, ihn zu verlassen und als Rache mit all seinen besten Freunden zu schlafen. Pablo hatte um ein Treffen gebettelt, dass er nicht ohne sie leben könnte, dass er es nicht zulassen würde, verlassen zu werden. Das Treffen war geplant für den Abend, den ich mit Inés verbrachte. Während ich meine Mama anrief, ging sie ebenfalls zu einem Münztelefon auf der anderen Straßenseite und sagte ihm ab. Nachdem Inés dann verschwunden und schnell klar war, dass ihr wahrscheinlich etwas zugestoßen ist, löschte Pablo aus Angst, seine aggressiven Nachrichten könnten einen Verdacht, der unbegründet war, auf ihn lenken. Er hatte niemals beabsichtigt, ihr etwas anzutun, doch dieses Löschen des Verlaufs sollte ihm zum Verhängnis werden. Die Polizei legte besonderes Augenmerk auf Pablo, nachdem Inés' Freunde erzählten, dass sie in letzter Zeit häufiger Streit hatten. Pablo wurde für ein weiteres Verhör aufs Polizeirevier geladen, wo er sich in Widersprüche verstrickte und sein Handy beschlagnahmt wurde. Er erzählte ihnen, dass sie in den letzten Tagen Kontakt hatten, doch sie bemerkten schnell, dass da gar kein Verlauf war. Sie konnten den gelöschten Verlauf wiederherstellen und rekapitulierten, dass Pablo Streit mit Inés hatte, er gelogen hat, dass alles gut zwischen ihnen wäre, obwohl unzählige Freunde das Gegenteil bezeugten; er löschte einen Verlauf, der auf ein Treffen aufmerksam machte – eine Information, wo Inés zuletzt war; und dann war da noch der Inhalt des Verlaufs, in dem Pablo ihr drohte, dass er es nicht zulassen würde, dass sie ihn verlässt. Dieses ganze Verhalten machte Pablo so verdächtigt, dass die Polizei ihn in Untersuchungshaft nahm und er auf sein Prozess wartete. Auch wenn Pablo in diesem Fall keine Schuld traf, so hatte er es doch verdient.

Nach mehreren endlosen Monaten, an dem Tag, als Pablo die falschen Anschuldigungen, die Härte der

Haft, die Schikane der Mithäftlinge, die starrenden und verachtenden Augen, die wütenden Briefe der Angehörigen und letztlich sein Spiegelbild nicht mehr ertragen konnte, aus seinen Schnürsenkeln einen Strick band und sich feige erhängte, ohne jegliche Ehre und Stolz in der Zelle baumelte, klopfte der Wärter an die Tür, dass sein Anwalt da wäre und gute Nachrichten hätte. Denn Inés war wieder da. Aus dem Laken, in dem sie eingewickelt war, lösten sich die Steine, die den Körper beschwerten und unter Wasser hielten. Inés' Leiche schwamm nun auf dem unheimlichen See, den ich niemals, Mama aber schon, betreten konnte. Ein armer Fischer hat sie gefunden, als er sein Glück versuchte, ein paar verseuchte Fische zu angeln. Er zog sie an Land und entdeckte ihr Gesicht von dem Laken. In ihren geschlossenen Augenlidern war links ein *M* und rechts ein *D* eingeritzt. Der Fall wurde geschlossen. Pablo war offiziell der Mörder.

10

Es hat mich eine Menge Kraft gekostet. Meine Psyche war sowieso schon angeschlagen, doch während ich das tat, blendete ich alles aus und fokussierte mich einzig darauf. Von Tag zu Tag wurden die Falten in meinem Gesicht tiefer, die Narbe triefender. Ich blicke, wie jeden Morgen, in den Spiegel. Ich kann es nicht mehr sehen. Es. Ich bin keine Frau mehr. Zumindest keine begehrenswerte Frau. Ich hasse mich. Ich hasse das

Wesen. Das Wesen, was mich lächelnd anstarrt. Morgens, Mittags, Abends. Ich kann den Augenblick, dass ich die Burka überwerfe, mit jeden verstrichenen Tag weniger abwarten. Am liebsten würde ich sie die ganze Zeit tragen. Am liebsten würde ich jeden Spiegel abdecken, zertrümmern, sodass ich mich nie wieder anschauen muss. Um ehrlich zu sein … ich habe schon lange die Lust am Leben verloren. Aber was wär mit Bubu? Wie sollte er ohne mich überleben? Ich gebe ihm zwar längst nicht mehr die Kraft, wie in Pariser Zeiten, dennoch braucht er mich. Würde ich mich von den Qualen befreien, würde es mit ihm zu Ende gehen. Nur weil ich mein Leben zerstören will, darf ich nicht auch seines zerstören. Also quäle ich mich durch den Tag. Und ich quäle mich durch die Nacht. Wenn die Albträume kommen. Dupont, Morel, Zinédine, Keisha, Aamun, das Feuer, der Hass, Paris. Das letzte Mal, als ich glücklich war … ja wann war das eigentlich? Bubu erzählt die ganze Zeit, dass er mir mein Lächeln wieder auf die Lippen zaubern wird. Ich sehe seinen Mut, seine Zuversicht, seinen Ehrgeiz – doch er ist umsonst. Ich weiß, dass ich nie wieder lächeln kann. Selbst wenn im Spiegel nicht mehr dieses Ungeheuer steht, ich werde es für immer sehen. Das tausendfach verletzte und verzerrte und verätzte und zerschrammte und zerfallene und traurige Gesicht. Auf ewig. Ich hoffe, Gott hat bald Gnade mit mir. Ich hoffe, Gott gibt Bubu die Kraft, die ich ihm schon lange nicht mehr geben kann. Ich hoffe. Jeden Tag.

Mama sollte eigentlich schon lange zurück sein. Sie kam nie zu spät. Ich saß am leeren Frühstückstisch. Verdammt, wo war sie? Ihr Bett war leer und gemacht. Sie muss noch bei der Arbeit sein. Oder ist ihr etwas zugestoßen? Ich wählte ihre Nummer. Mailbox. Dieses erdrückende Gefühl, dass dir den Brustkorb zuschnürt, dein Herz mehrmals stark pulsieren lässt und sich in ein Kribbeln, welches bis in deine Beine geht und sie weich und schwach werden lässt. Instinktiv riss ich die Tür auf, sprintete die lange, sandige Hauptstraße entlang, raste mit dem Bus und platzte in die Wäscherei. »Wo ist Tonya?«, fragte ich die erste Frau, die ich antraf. »Wer?« - Ich legte meine Hände auf mein Gesicht, um eine Burka zu imitieren. »Ah, die Verrückte. In der Umkleidekabine!« - »Wo ist die?« - Sie zeigte nach rechts.

Mama saß, ihre Arme auf die Knie stützend, ihr Gesicht in den Händen versteckend, weinend auf einer Bank. »Mama!« - Sie blickte auf, doch fing nur noch stärker an zu weinen. Je näher ich ihr kam, desto mehr drehte sie sich von mir. »Du sollst mich nicht so sehen, Bubu!« - »Mama! Was ist los?« - »Bitte, Bubu. Geh einfach!« - »Mama! Ich werde nicht gehen! Was ist passiert?« - »Sie … sie haben …« - »Sie haben was? Wer? Was? Mama! Rede mit mir!« - Sie zeigte auf die Burka. »Was ist damit?« - Ich hob sie hoch. Die Burka war komplett zerrissen. »Er hat solange daran gezogen, bis sie gerissen ist« - »Wer? Mama!« - »Mein Chef! Er hat gesagt ich soll endlich diesen Fetzen ausziehen. Ich würde die anderen verängstigen« - Dieses miese Schwein hat sie vom ersten Tag an schikaniert, doch heute war es noch schlimmer, als sonst. Er tanzte um Mama herum, zog und zog, lachte, beleidigte, provozierte, und als sie sich dagegen wehrte, kamen mehr Leute dazu und machten sich über dieses Schauspiel lustig, bis es in ein einziges Gelächter auf Mamas Kosten ausartete. Irgendwann riss die Burka und die ganzen Gestalten sahen zum ersten Mal die ungeschönte Traurigkeit. Für einen Moment war es still. Bis das Gelächter und die Verachtung in einem noch größeren Ausmaß retournierte, während Mama auf dem Boden saß und sich, umzingelt vom Rest der Welt, versuchte zu verstecken. »Das ist ja widerlich!«, fauchte sie der Chef an. »Madonna!«, spuckten einige der alten Frauen vor ihre Füße. Zu groß war ihr Scham, als dass sie unverschleiert nach Hause ging. Wäre es nach ihr gegangen, hätte sie die Umkleidekabine nie wieder verlassen. »Wo ist er?« - »Nein! Bubu!« - »Sag mir, wo dieses Schwein ist!« - »Es ist immer noch mein Chef! Wir brauchen das Geld!« - »Wo ist er?«, schrie ich sie an, als sei sie nicht meine Mama. Hammer. Amboss. Morel. »Hab ich meinen Namen gehört?«, grinste der Chef, der in der Tür stand, hämisch. »Du!«, donnerte ich durch jede einzelne Betonmauer der Wäscherei, sodass es alle Mitarbeiter anlockte, als hätte ich den Pausengong geschlagen. Ich lief mit all meiner

Kraft, mit all meiner Wucht, mit all meinem Stolz auf ihn zu und schmiss ihn um, setzte mich auf ihn und prügelte solange in seine Visage, bis nichts mehr aufplatzte, sondern nur noch knackte. »Bubu!« - Sieben oder Acht Frauen benötigte es, um mich von ihm herunterzuziehen. Alle waren verängstigt. Mama würde niemand mehr auslachen. Dass das ihr letzter Arbeitstag war, brauch wohl nicht erwähnt werden. »Schaff mich nach Hause«, sagte sie mit einem latenten, aber stolzem Lächeln. »Aus dem Weg!«, forderte sie die Gestalten auf, die prompt Platz machten. Sie war froh, dass ich ihr Sohn war. Mama drehte sich noch einmal um. »Seht mich genau an! Seht in mein Gesicht! Das wart ihr! Vergesst das nie! Jeder Einzelne!« - Niemand schaute sie an, nur schuldig und beschämt auf den Boden.

Aus der Tür, gab ich Mama meinen Kapuzenpullover, den sie sich anzog, die Kapuze überzog und die Burkafetzen bis unter die Augen zusammenband. Nur die verbrannte Stirn und die leeren Augen waren noch zu sehen. »Gehen wir« - »Alles, was du willst, Mama« - Dennoch schämte sie sich. Und dennoch starrten unzählige Augen auf uns.

Mama war nun arbeitslos, ich hatte mich für sie gerächt. Ich dachte, damit wäre es vorbei gewesen, doch der nächste Tag in der Uni sollte etwas anderes zeigen. Wie es aussah, war Mamas ehemaliger Chef nicht nur Besitzer einer Wäscherei, sondern auch ein großzügiger Spendengeber der Universität und der

Vater eines Studenten aus meinem Kurs. Ich wurde zum Direktor zitiert und saß genau wie damals im Vorraum, weil er noch ein Gespräch führte. Dann öffnete er die Tür und sprach kalt, ohne mich anzuschauen, dass ich eintreten solle. Der Chef und sein blonder Junge, ich wusste nicht einmal ihre Namen, waren auch anwesend. »Sie können froh sein, dass der nette Herr hier nicht die Polizei ruft. Verstehen Sie das, Herr Azikiwe?« - Ich schwieg. »Vielleicht ist das bei Ihnen normal, aber wir dulden so ein Verhalten nicht!« - »Was soll das heißen?« - »Sie werden der Universität verwiesen!« - »Was?« - »Und ich werde mich dafür einsetzen, dass sie in keiner Universität in ganz Spanien studieren dürfen! So etwas wie Sie gehört nicht in einen OP-Saal, sondern hinter eine Supermarktkasse oder besser noch in einer Küche versteckt!« - Der Sohn grinste mich, so wie es der Vater tat, als er in der Tür stand, an. Dieses Mal behielt ich aber die Ruhe, schien wie paralysiert. Dass gerade eine Welt um mich herum einbrach, verstand ich noch nicht. Doch wie sollte ich jetzt Mama *reparieren*?

11

Ich ging die Treppen herunter. Wasser schoss in meine Augen. Die letzten Reserven. Bald waren sie aufgebraucht. Die anderen Studenten sahen mich an, als wussten sie, was passiert war. Niemand sprach mich an, obwohl sie die Trauer in meinem Gesicht sahen. Ich ging den langen Weg unter den Bäumen entlang. Wo ich hinging, wusste ich nicht, ich ging einfach. Es war zu viel für meinen Kopf, als dass ich die Nachricht verarbeiten, einen Zukunftsplan schmieden, den Tränenfluss stoppen und jetzt auch noch entscheiden musste, wo mein rastloser Körper eigentlich hin wanderte. Nicht einmal nachdenken konnte ich. Es gab nichts nachzudenken. Kein Gedanke schoss durch meinen Kopf, als ob meine Nervenstränge direkt in den feuchten Erdboden gepflanzt waren und dort verpufften, sich in tote Luft auflösten.

Ich hatte keine Uhr, aber die Sonne senkte sich langsam dem Horizont entgegen, als ich auf einer Wiese ankam, die an einem Fluss lag. Auf der anderen Seite stand ein Gebäude. Ein mächtiges Gebäude. Ein majestätisches Gebäude. Ein hässliches Gebäude. Nichts für den Adel. Nichts für das Proletariat. Was war das eigentlich für ein Gebäude? Es erinnerte mich an ein Wohnblock aus Paris. Es erstreckte sich den ganzen Fluss entlang, bestimmt einen Kilometer. Ich zählte die Stockwerke. Siebzehn, Achtzehn. Das matt-glänzende Grau schoss mir in die Augen und löste etwas in mir aus. Heimat. Ich weiß nicht warum. Es war so hässlich, dass es schon wieder schön war. Ich war fasziniert. Es war dreckig, zerfallen, mit Graffiti verziert. Dieser pompöse, aber doch einfache Betonklotz hatte eine Ästhetik, die ich nicht in Worte fassen konnte. Ich glaube, Kunst wäre das passendste Wort. Was ist schon Kunst? Auf der Wiese saßen mehrere Schwarze. Musik hörend mit ihren Freunden, spielend mit ihren Kindern, verliebt mit ihren Freundinnen. Alle waren friedlich. Und alle schauten auf das Gebäude, als ziehe es sie an. Brachial. Faszinierend. Ghetto. Nonkonform. Romantik auf einer anderen Ebene.

Ich setzte mich auf eine Mauer und blickte einfach auf dieses brutale Kunstwerk. Als ich die Wiese betrat, sahen mich die anderen Schwarzen an und nickten mir zu. Ich fühlte mich willkommen – glaubte ich zumindest, denn dieses Gefühl kannte ich kaum noch. Was es auch war, ich fühlte mich sicher, akzeptiert und nicht alleine.

Als ich saß, merkte ich erst, wie meine Füße schmerzten. Wo war ich eigentlich? Ich muss meilenweit gelaufen sein. Ein Vorort? Das war auf jeden Fall nicht mehr Sevilla. Mit zunehmender Spiegelung des Gebäudes in meinem Augapfel, wurde ich sentimentaler, stärker an Paris, mehr an die Vergangenheit erinnert. Die Schwarzen, die hier unbeschwert entspannen konnten, mussten schon öfter hier gewesen sein, ansonsten konnte ich mir nicht erklären, dass sie nicht überwältigt waren, an ihr Schicksal erinnert wurden. Vielleicht dauerte es auch nur eine Zeit.

Mein Leben lang wurde ich ungerecht behandelt. Und dieser Hund, der ständig getreten wurde, schien langsam aggressiv zu werden, wenn er es nicht schon war. Ich spürte, dass ich mich verändert hatte. In meiner Kindheit wurde ich, meines rachitischen Körpers und meiner lispelnden Aussprache wegen, gehänselt. Sie schubsten mich herum, konnten alles mit mir machen. Obwohl ich älter wurde, hörte es nicht auf. Ich war immer noch ein kleiner Junge. Als der ganze Dupont-Apparat eingeschaltet wurde, kamen Tag für Tag rassistische Bemerkungen, Schikane, Beleidigungen, Gewalt. Auch das ließ ich über mich ergehen. Ich traute mir nie zu, mich zu wehren. Augen zu und durch war viel einfacher und erträglicher für mich, obwohl es jedes Mal ein Stück meiner Ehre und meines Stolzes nahm. Die Wahlnacht, als ich von zwei Weißen überfallen wurde – ich wollte mich wehren, doch meine Angst schrie lauter, als es meine Wut tat. Das erste Mal bekam ich richtig Prügel und musste mir eingestehen, dass alles real war, denn ich konnte es sehen. Solange ich wegsah, berührte es mich nur innerlich und das konnte ich für den Moment verdrängen, auch wenn die Verdrängungen langsam aber sicher an das Tageslicht kamen – wo sollten sie auch hin? Sich in Luft auflösen? Ich habe so etwas nie verarbeitet, mich nie der Konfrontation gestellt. Wie ein kleines Kind, dass sich die Augen zuhält: Wenn ich dich nicht sehe, siehst du mich auch nicht. Nach der Wende, als ich von mehreren Weißen auf dem Schulhof verprügelt wurde, hatte ich etwas mehr Mut. Ich wehrte mich zwar nicht, aber ich stand auf und signalisierte, dass sie mich zwar physisch, nicht aber psychisch zu Boden bekommen. Bei meiner Lehrerin Madame Henry, der Faschistin, leistete ich das erste Mal Widerstand, wenn auch nur verbal – und wurde sofort dafür bestraft. Mit Morel wurde alles persönlicher und nahm andere Ausmaße an. Es herrschte nahezu ein Ausnahmezustand. Und auch, wenn es im Affekt geschah – ich wehrte mich. Das erste Mal brachte ich jemanden dazu, mich nie wieder schikanieren zu können. Sein Mord war das gerechteste und beste, was ich in den letzten Jahren tat. Andalusien, Neuanfang, doch es ging weiter, wie es war. Inés – ich dachte sie rettet mich – auch sie musste sterben. Es gab keine andere Handlung, die ich tätigen konnte und durfte. Und gestern Mamas Chef. Er hatte noch nicht bekommen, was er verdiente.

Ich schwor mir – der graue, gläserne, kalte, schwere, massive Klotz flüsterte es mir ins Ohr – mich nie wieder treten zu lassen, dafür konnte ich mittlerweile zu gut mit den Zähnen fletschen. Das Fass ist längst übergelaufen. Ich hatte, bis auf meine schwache Mama und Amara niemanden mehr, der mir zur Seite stand. Von allen wurde ich verlassen. Wie kann Gott, der mir früher so viel Kraft spendete, das zulassen? Die Ungerechtigkeit? Den Hass? Die Wut? Sein Nicht-Handeln hat mich zu diesem aggressiven Hund gemacht. Ich hasste genauso, wie die Menschen, die ich hasste. Paris war immer noch in mir, wenn auch auf eine andere Art, als es sein sollte. Irgendwer musste diesem Schicksal ein Ende setzen. Papa versuchte es, doch scheiterte. Er hatte ein Ziel in seinem Leben. Etwas Bedeutendes. Ich hatte, nachdem ich alles verlor, nur einen Traum, doch der ist in trostlosen Händen zermahlen worden. Es gab nur noch eine Möglichkeit, dass Mama glücklich wird – die einzige Aufgabe, die ich in meinem Leben noch hatte. Doch vorher musste ich noch etwas anderes erledigen.

So wenig, wie ich weiß, wie ich zu dieser harmonischen Wiese gekommen bin, so wenig weiß ich ebenso, wie ich plötzlich vor der Haustür stand. Perrin. So hieß also Mamas Chef. Der Junge öffnete. »Was willst du hier?« - »Entschuldige bitte die Störung um diese Uhrzeit. Keine Angst, ich möchte nur etwas mit deinem Vater besprechen« - Der Junge rief seinen Vater, mit einem panischen Unterton. Er kam die Treppe herunter. »Du bist doch«, er setzte seine Brille auf, »der Junge von der Verrückten!« - Ich ballte meine Hand zu einer Faust und drückte so fest zu, in der Hoffnung, die Wut, die bei dem Wort ›Verrückte‹, durch meinen Körper strömte, würde sich in meinen Fingerspitzen auflösen und als unbedeutendes Edelgas in der Luft sublimieren. Wut ist, genauso wie Liebe oder Trauer, ein Urgefühl. Man wird mit der Fähigkeit, sich in diese Zustände zu versetzen, geboren. Besonders Liebe und Wut sind natürliche Triebe, die uns der Schöpfer mitgegeben hat – und basierend auf Erfahrungen, Wünschen oder Verdrängungen können wir diese Triebe kontrollieren. Ganz simpel. Ich konnte diese Triebe, meine Wut, nicht mehr kontrollieren. War das ein Wunder?

»Monsieur Perrin, sie kennen mich ja schon. Ich

heiße Idrissa und als erstes möchte ich mich bei Ihnen entschuldigen. Ich kann ihren Unmut über mich absolut verstehen. Dennoch möchte ich Sie um fünf Minuten ihrer Zeit bitten. Ist das möglich?« - »Was sollten wir beide denn zu reden haben?« - »Es geht um meine Mutter. Sie wissen nicht, wie sehr sie diesen Job braucht!« - »Ausgeschlossen!« - »Sie wird auch für weniger Geld arbeiten und dafür länger bleiben!« - »Hmm«, überlegte der unwissende, schmierige Ausbeuter. »In die Richtung lässt sich vielleicht etwas besprechen!« - »Das wäre auch in meinem Sinne, als Zeichen meiner Entschuldigung, meiner Wiedergutmachung! Darf ich vielleicht eintreten? Damit wir in Ruhe darüber reden können?« - »Komm herein. Yanis«, sprach er seinen Sohn an, »führe Idrissa ins Esszimmer. Ich komme gleich!« - Der alte Perrin verschwand wieder nach oben. »Komm mit!«, sagte Yannis und ging vor. Ich drehte mich zu der Haustür, blickte durch die Glaselemente auf die vom Mond beschienene Straße, schloss die Augen, drehte den Schlüssel in der Haustür und steckte ihn in meine Hosentasche.

Im Esszimmer setzten wir uns alle an den Tisch. Auch seine Frau, die atemberaubend aussah, war anwesend. »So, da wir jetzt ja alle versammelt sind«, stand ich auf. »Was ist los, Idrissa?«, fragte mich Perrin nichtsahnend. Ich stellte mich hinter Yanis. »Hey, was wird das?« - Ich zog ein Stiletto-Messer aus meiner Hosentasche, ließ die Klinge herausspringen und hielt sie an seine Kehle. »Ganz ruhig!«, forderte ich alle auf. »Das wird jetzt ganz einfach ablaufen. Ganz einfach. Ihr müsst nur tun, was ich sage, okay?« - »Bitte, Idrissa! Gib mir eine Minute und ich hole alles, was ich an Bargeld im Tresor habe! Verstehst du mich, Idrissa? Du könntest einfach das Geld nehmen und deine Mutter müsste nie wieder arbeiten!« - Ich öffnete meinen Rucksack und stellte eine Flasche mit einer durchsichtigen Flüssigkeit auf den Tisch. »Was ist das?«, fragte Perrin. »Finden wir es heraus«, öffnete ich sie und zeigte auf das Gesicht seiner Frau. »Was? Nein! Was ist das?« - Ich drückte die Klinge fester an Yanis' Hals. »Letzte Chance!« - Perrin fing an zu weinen. Er flehte mich an, er schluchzte, heulte wie ein Hund und flehte mich abermals an. »Dir bleibt nichts anderes übrig. Danach ist alles vorbei, verstanden?« - Seine Lippen waren dermaßen am zittern, dass er nur mit dem Kopf nicken konnte, Wörter hat er keine mehr heraus bekommen. Er griff zur Flasche. »Schau genau hin, Papa tut es tatsächlich«, flüsterte ich in Yanis' Ohr. Zum ersten Mal hatte ich Macht über einen anderen Menschen – sonst hatten sie immer Macht über mich. Ein diabolisch schönes Gefühl.

Perrin nahm die Flasche, griff den Kopf seiner Frau und drückte ihn in ihren Nacken. Sie wehrte sich, aber was sollte sie tun? Es tat mir im Herzen weh, wie sie nicht bereit dazu war, sich für ihren Sohn zu opfern – egal was das für eine Flüssigkeit war. Ihr eigenes Leben war ihr wichtiger. Sie hat es verdient. Perrin schüttete die durchsichtige, stinkende Flüssigkeit in ihr Gesicht, während sie unweigerlich schrie, um ihr Leben schrie, vor Schmerzen schrie. Es war Batteriesäure. Das brennt. Innerhalb von wenigen Sekunden errötete ihr Gesicht, ihr Hals und alles, was von der Säure berührt wurde; schwoll an, riss auf, bildete Blasen, schmerzte, verätzte und sah einfach nur schrecklich aus. »Jetzt dein Sohn!« - »Nein!« - »Nein?« - »Auf keinen Fall! Lieber sterbe ich!« - Ich nahm eine zweite Flasche aus meinen Rucksack und goss sie Yanis über den Kopf. »Fehlt nur noch einer!« - »Was ...«, sagte er zitternd und Schritte rückwärts gehend. »Schön hier bleiben!« - Eine dritte Flasche aus meinem Rucksack herausgenommen, schüttete ich sie auch ihm über. Hinterlassen waren drei hässliche Menschen, die nie wieder über jemanden in ihrem Leben lachen würden. Sie würden sich nie wieder über jemanden stellen. Ich schloss die Tür auf und lief dem leuchtenden Mond entgegen. Erst später erfuhr ich, dass sie ihren Schmerzen erlagen. Alles war umsonst.

12

Endlich ist er weg. Ich dachte schon, er geht nie. Wieder so ein Widerwärtiger, der es nicht einmal für nötig hielt, seinen Ehering abzulegen. Es gibt nicht umsonst dieses heilige Sakrament. Hat er nicht vor einem Diener Gottes, und somit Gott persönlich, also zwar nicht direkt persönlich, aber immerhin durch eine vertraute Person, die Gott näher steht, als sonst jemand – so sollte es zumindest sein –, hat er somit Gott über einen kleinen Umweg, aber dennoch ganz nah, ins Gesicht gelogen, wenig später betrogen, seinen Schwur verraten und seine Ehre, seine Frau und seine Kinder beschmutzt, obwohl er vor Gott – wie gesagt, quasi – versprach, nur eine Frau zu lieben, wenngleich nicht von Liebe, als Ausdruck und Gefühl, die Rede sein kann, aber von Liebe, als Akt, als Handlung, rein sexuell – man könnte es noch drehen und wenden, wie man möchte, aber am Ende wird ein Ergebnis herauskommen, das bei jeder möglichen Variante das Selbe ist – und zwar, dass er mit mir geschlafen hat und das sogar noch für Geld. Manchmal hasse ich mich selber und wenn ich sage, dass ich mich manchmal hasse, dann meine ich dass ich mich meistens hasse und manchmal mag. Ich mag mich manchmal. Ganz selten. In den Stunden ohne Kunden, in denen ich nicht in den Spiegel schauen muss, wenn Idrissa bei mir ist. Wo ist er eigentlich? Er war schon lange nicht hier. Zum Glück habe ich das Foto. Immer, wenn ich mich einsam, dreckig, benutzt fühle oder mich nach der ewigen Dunkelheit sehne – ein Zustand traf eigentlich immer zu – hole ich es heraus. Seine lächelnden Augen geben mir Kraft, gaben mir das Gefühl, dass ich nicht nur ein einfacher Automat bin, der auf Knopfdruck respektive bei der richtigen Anzahl an Scheinen funktioniert, sondern ein menschliches Wesen, mit Gefühlen und all dem Kram. Ich glaube, außer ihm weiß das niemand.

13

Die Tür war nicht abgeschlossen. Ich sah Amara, wie sie mit einem Bild von mir, welches ich ihr vor Ewigkeiten schenkte, auf dem Bett saß und sich in einer anderen Welt befand. Eine Welt, in der sie nicht das tun musste, was sie tat; in der sie das machen konnte, was, wo und mit wem sie es tun wollte.

»Amara?« - »Idrissa, ich habe dich gar nicht klopfen gehört« - Sie wischte sich eine zum Kullern ansetzende Träne weg. »Was hast du?« - »Nichts!« - »Ich habe es schon wieder getan!« - »Was?« - »Paris«, murmelte ich, »hat mich zu einem anderen Menschen gemacht!« - »Wovon redest du?« - »Ich wollte nie dieser böse Junge sein. Paris hat mich dazu gemacht. Ich bin nicht mehr der selbe. Du weißt nicht, was sie aus mir gemacht haben! Sie haben mir eine Maske aufgesetzt, die ich nicht mehr abnehmen kann! Es wird Zeit …« - »Idrissa!« - »Es wird Zeit für meine eigene Maske! Für Mamas Maske!« - »Idrissa!«, schrie sie abermals. »Es hört nicht auf. Es hört einfach nicht auf! Es muss sich ändern! Es wird sich ändern. Ich muss nur …« - »Du musst was?«, fragte sie. »Was musst du tun?« - »Wenn sie ihr Lachen zurück hat, wird alles aufhören, wird alles schön werden, wird alles so werden, wie es war. Früher.« - »Aber was ist mit der OP? Du wolltest sie doch operieren« - »Es ist vorbei, Amara. Ich bin nicht mehr an der Uni« - »Was?«, entsetzte sie. »Warum?« - »Der Traum ist vorbei. Und Geld haben wir auch

keines« - Sie schwieg. »Ich habe es schon wieder
getan« - »Was? Was denn?« - Amara stoß mir mehrere
Male gegen die Brust, als wolle sie, dass ich aus
meinem paranoiden, tranceähnlichen Zustand erwache.
»Sie ... sie werden für immer das gleiche Schicksal
teilen ... sie werden nie mehr lachen ... sie ...« - Sie
bemerkte, wie schlecht es um mich stand und schloss
mich in ihre Arme, streichelte dabei über meinen
Rücken und rieb ihre Backe an meine. »Es wird alles
gut werden. Ich bin bei dir, Bubu!« - Vielleicht bildete
ich mir das ›Bubu‹ ein, aber es tat gut, gab mir Kraft,
gab mir Vertrauen. »Ich werde dich bei allem
unterstützen, was du vorhast!« - »C'est le moment,
qu'on change!«, flüsterte ich in ihr Ohr, sie: »Dupont!«
in meins.

14

Auch Amara kannte Dupont. Sie kam, wie ich, aus
Paris und arbeitete dort in einer kleinen Boutique, um
genug Geld zu sammeln, damit sie Mode an der
Universität studieren konnte. Fast hatte sie genügend
Geld, damit sie das erste Semester beginnen und somit
ihrem Traum nachgehen konnte. Dann kam Dupont. Ihr
wurde, ebenso wie mir, wie meiner Mutter, wie so gut
jedem schwarzen Franzosen – bis auf meinem Vater,
denn genau in diesem Kampf lag seiner –, der Traum
genommen, etwas aus ihrem Leben zu machen, ihm
einen Sinn zu geben. Sie begriff schnell, dass weiter in

Paris zu wohnen keinen Sinn macht, spätestens, nachdem ihr das ganze Ersparte und somit die Fahrkarte zum besseren Leben von der Regierung gestohlen wurde. Mit dem Finger zeigte sie blind auf die Landkarte. Andalusien. Hier wollte sie einen Neuanfang starten. Amara packte ihr übrig gebliebenes Hab und Gut in ihr Auto und fuhr los, nistete sich in einem kleinen Hotel ein – dort, wo wir uns immer trafen – und arbeitete, wie schon in Paris, in einer kleinen Boutique, nur wurde diesmal keine französische Mode, sondern spanische Kleider verkauft, bis sie nach weniger als einem halben Jahr gekündigt wurde. Kurz zuvor lernte sie einen Mann kennen, der, wie sie behauptete, direkt mit ihrer Kündigung zu tun hatte. Sie wurden ein Paar und er finanzierte ihr Zimmer, ihre Kleider, ihr Essen, ihren Luxus, ja, eigentlich ihr gesamtes Leben, und das mehr als zwei Jahre lang. Amara war eine Frau, die sich gerne in teuren Kleidern zeigte, die sagte, jede elegante und wahrhaftige Frau müsse sich in Schmuck einhüllen und mit dem femininsten und sinnlichsten Parfum verschmelzen, das gehöre einfach dazu. Und all dieser Luxus war teuer, kostete in den zwei Jahren mehr als 50.000 Euro. Es ist nicht so, dass Amara Buch darüber führte, das wäre sinnlos gewesen, warum sollte sie das tun? Ihr Freund Diego hingegen tat dies, und nicht ohne Grund. Wie gesagt, nach zwei Jahren etwa, zeigte Diego langsam und schleifend, aber sicher und unmissverständlich sein wahres Gesicht. Zwei Jahre lang hatte er ein falsches Spiel geführt, eine Maske getragen, die sein wahres Ich verschleierte, denn Diego war ganz und gar nicht der liebe und sorgende Mann, für den ihn Amara hielt, im Gegenteil, Diego war, wie sich herausstellte, ein gefährlicher und skrupelloser Mann, der zwar nicht ganz tief, aber dennoch in der Andalusischen Mafia verstrickt war, wobei Mafia vielleicht das falsche Wort ist, da man dabei sofort an die Cosa Nostra, denkt, obwohl man meist nicht an die sizilianische Cosa Nostra, sondern an die amerikanische La Cosa Nostra, also Capone, Lucky Luciano oder die fünf New Yorker Familien denkt, obwohl diese genau genommen nur ein Ableger und Handlanger, die aus jeden gewonnenen Penny Profit etwas an die Muttermafia abgeben müssen, die sich viel mehr um ihren Ruf kümmern, viel mehr auf Ruhm und Ansehen legen, als es die sizialinische Cosa Nostra tut, denn wann hört man schon einmal, etwas von der Insel, in dem jeder Quadratcentimeter von der Mafia kontrolliert wird, bis auf eine angebliche Festnahme des Kopfes, der seit Jahren abgeschottet lebt und nur mittels kleinen, verschlüsselten Papiernachrichten kommuniziert, dennoch der einflussreichste und gefürchteste Mann Siziliens ist, vor dem jeder Polizist und jeder Politiker nur grausamen Furcht empfindet? Ganz abgesehen davon, dass, wenn auch in Relation gesetzt weniger, die La Cosa Nostra, also die amerikanische Mafia, unumstritten gefährlich und unberechenbar ist, mit der man in keinen Konflikt kommen möchte.

Also, Diego war irgendwie in die andalusische Verbrecherwelt eingeflochten und konnte ohne Probleme Leute einschüchtern oder physisch drohen, einengen oder verletzen. Das war Amaras Verhängnis. Diego forderte sein Geld zurück, freilich mit dem Wissen, dass Amara so viel Geld auf einmal und wahrscheinlich in den nächsten Jahren nicht haben wird, und natürlich wusste er, dass er sie mit etwas Druck und Drohung in eine aussichtslose Lage bringen konnte. Das war, so dachte Amara, von Anfang an ein abgekatertes Spiel. Diego war auf dem ersten Schritt, neben anderen kriminellen Geschäften, in das Prostitutionsgeschäft einzusteigen und die damals noch wunderschöne und falten-, makel-, und hoffnungslose Amara sollte sein erstes Objekt werden. Wie sollte Amara 50.000€ aufbringen? Gar nicht. Es blieb der verzweifelten jungen Frau nichts anderes übrig, als sich gezwungen zu prostituieren. Abhauen? Wohin? Mit welchen Mitteln? Polizei? Und dann? Abhauen? Wohin? Mit welchen Mitteln?

Seit dem ersten Tag in dem Hotelzimmer, dass sie von da an kaum noch verließ, welches von Woche zu Woche verkommener aussah, egal ob Zimmer, Flur, Eingang oder Fassade; von Monat zu Monat wurde ein weiteres Zimmer gemietet und ein weiteres Fenster mit rotem Licht ausgestrahlt … seit dem ersten Tag in dem

Hotelzimmer also hasste sie Diego, die Welt, hasste sich selbst. Von Kunde zu Kunde schwand dieses kleine unsichtbare Etwas, was sie sah, bis sie es nicht mehr sah. Dieses Etwas war ihr Sinn des Lebens. Und bis zu einem bestimmten Tag, würde sie diesen auch nicht wiederfinden, aber an diesem bestimmten Tag, sollte sie ihn wiederfinden und endlich erlöst sein. Ihr größter Wunsch, den sie in all den Jahren, und es waren gewiss viele, um genau zu sein waren es drei Jahre mit 365 Tagen, also 1095 Tage, an dem sie im Schnitt fünf Kunden pro Tag empfing, also 5475 Kunden. Sie hat also mit 5475 Männern, für die sie nichts empfand, weder ein Gefühl, noch fand sie die Kunden körperlich attraktiv, geschlafen, wobei geschlafen dem Akt nicht gerecht werden würde. Und Amara, die arme und hilflose Amara musste es über sich ergehen lassen.

15

»Ich werde es selber machen!« - Amara schaute fragend, aber neugierig. »Ich brauche kein Studium, ich brauche kein Geld!« - »Wie?« - »Die Maske. Ich werde diese Maske erschaffen und Mama wird für immer lächeln können!« - »Maske …«, sagte sie fragend, »hast du davon nicht schon einmal erzählt? Damals, als Inés …?« - »Ja!« - »Was meinst du damit?« - »Ich habe oft und lange darüber nachgedacht, wie ich es anstellen soll. Wie sollte ich Mama wieder zu einer schönen Frau machen? Als ich das weiche und warme Gesicht Inés' in

160

der Hand hielt, kam mir der Gedanke und ließ mich seither nicht los« - »Und wie willst du das machen?« - Ich blickte in ihr Gesicht. Es sah aus wie Mamas, die gleichen Augen, die gleichen Gesichtszüge. Diese Faszination von Eleganz und Schönheit in einer kaputten, gar aufgebrochenen Schale, durch dessen Spalt Luft an die wohlige Frucht kommt und oxidiert, langsam verwelkt. »Wie ich das genau machen werden, ist uninteressant und auch viel zu kompliziert für dich zu verstehen, Amara. Lass das Medizinische meine Sorge sein. Ich kann dir aber vereinfacht erklärend sagen, dass ich ein Negativbild ihres Gesichts brauche, eine schöne schwarze Frau, die ihr Gesicht opfert, welches ich auf die unfertige Maske anbringe und dann, wie ein zweites Gesicht auf Mamas entstellten nähe und für immer verschmelzend glücklich aussehen lasse!« - »Wen? Wen willst du opfern? Wessen Gesicht?« - »Ich habe da eine Frau im Kopf« - »Welche?« - Ihre Augen glänzten. »Du kennst sie nicht. Sie lebt in Paris« - »Okay«, sagte sie mit verschwindenden Glanz. »Wenn ich dich nicht so lieben würde, dann würde ich dein Gesicht nehmen. Du bist so wunderschön!« - »Du liebst mich?«, fragte sie mit retournierendem Glanz. »Seit ich dich das erste Mal gesehen habe!« - »Warum hast du nie mit mir geschlafen?« - »Hörst du nicht? Ich spreche hier von Liebe. Du bist etwas besonderes für mich!« - »Gehst du jetzt?«, fragte sie in der Hoffnung, ich würde nicht gehen. »Ja, ich muss etwas tun, was ich mir vor zehn Jahren nie geträumt hätte« - »Weißt du Idrissa, der

Mensch ist in dem Maß zu Gräueltaten fähig, wie es seine Phantasie zulässt. Und in der Not entsteht die größte Phantasie«

16

»Mama!« - »Idrissa! Der Direktor hat angerufen! Du wurdest der Universität verwiesen!« - »Mama! Alles wird gut werden!« - »Dein Studium ist zu Ende!« - »Vergiss das Studium« - »Was sagst du da?« - »Mama, versteh doch, ich brauche dieses Studium nicht« - »Wo warst du denn den ganzen Tag? Es ist schon nachts! Du hast doch nichts angestellt?« - Ich habe in der Tat etwas angestellt. In die Universität bin ich eingebrochen, nur musste Mama davon nichts erfahren, auch nicht, dass ich alle nötigen Materialien für das Negativbild und die Maske habe mitgehen lassen, ebenso wenig die Schlaftropfen, die ich in ihren Wein schütten würde. »Mama, beruhige dich. Es wird alles gut werden! Willst du einen Wein? Du willst immer einen Wein. Ich bringe dir einen Wein« - Den mit Schlaftropfen gemischten Wein herunterschlingend, wie jedes Mal, wenn sie aufgeregt und müde war, obgleich sie keineswegs süchtig oder nur dazu neigte, öfter einen über den Durst zu trinken, denn sie trank immer nur ein Glas Wein am Abend und dies war ihr erstes, fiel sie innerhalb weniger Minuten in einen Tiefschlaf, der es mir ermöglichte ihr Gesicht mit Gips einzuschmieren, um ein Negativbild zu ziehen, damit ich die Maske erstellen konnte.

17

Während Mama den Zettel auf dem Tisch las, den ich ihr, obwohl ich wusste, dass sie sich Sorgen machen würde, hinterließ, befand ich mich schon längst auf dem Weg nach Paris, um mein Opfer aufzusuchen: Danielle Lefevre. Sie war eine Volksverräterin, wenngleich sie eine wunderschöne Volksverräterin war, deren Seele dunkler als die Nacht, abstoßender als Ekel war. Danielle hatte damals zusammen mit Mama studiert und später in der selben Klinik gearbeitet, war mit Mama befreundet und zählte zu ihren engsten Verbündeten, bis Dupont kam, die Wende kam, der Untergang kam, und sie Angst um ihre Zukunft hatte, ihren schwarzen Ehemann verließ, ihre Kinder im Stich ließ, der schwarzen Gemeinde den Rücken kehrte, sich einen weißen Mann angelte, oder eher gesagt, sich einen weißen Mann anbot, darbot, verbogen untergebend offerierte, dabei nicht nur den schwarzen Stolz, die schwarze Ehre sondern auch sich selbst aufgab. Ihr neuer Mann war ein weitläufiger Bekannter Duponts. Danielle ließ sich in den folgenden Monaten von allen erniedrigen, wurde dennoch akzeptiert, auch wenn ihre Akzeptanz als Haltung mit vorgesetzten Präfix gesehen werden konnte. Alles in ihr war sowieso schon gebrochen, so wollte ich sie von den Schmerzen, obgleich sie sie nicht spürte, erlösen.

Wieder einmal war sie auf einer Gala, für irgendeinen obligatorischen Zweck, den niemanden wirklich interessierte. Es war ein pompöses Gebäude. Ich wartete in der Hintergasse. Sie war dreckig. So nah lag schön und hässlich, sauber und dreckig, schwarz und weiß beieinander. Ich wusste, ich spürte es wahrscheinlich, dass sie irgendwann durch den Liefereingang hinaus in die rauchende Hintergasse gehen würde, um sich eine Zigarette anzuzünden. Eine Schwarze, die vor allen anderen Weißen raucht? Unvorstellbar. Früher, als ich noch klein war, war sie öfter bei uns zu Hause. Ich mochte sie. Als ich in der Gasse stand nicht mehr. Die Tür öffnete sich. Das schwarze, trotz allen Schmerzes, schmerzlose und reine Gesicht, mit den funkelnden Sommersprossen, trat ein, wo sie hingehörte – in die dreckige, stinkende Gasse.

»Danielle!«, rief ich lauernd. Sie drehte sich im Kreis. »Kennst du mich noch?« - Sie erblickte mich und wurde blass. »Idrissa?« - »Hättest du nicht gedacht, dass es mich noch gibt, was?« - »Du …«, sie kam mit verflüssigenden Augen zu mir, »lebst noch! Ich habe euch vermisst! Wie geht es euch? Wo lebt ihr?« - Ich blieb still. »Ich … ich …« - Ich glaube sie wollte sagen, dass sie mitkommen wollte, endlich verschwinden wollte, diese Scharade satt sei, doch bevor sie das hätte sagen können, drückte ich ihr einen in Chloroform getunkten Lappen ins Gesicht, zog sie in die gegenüberliegende leerstehende Lagerhalle, holte aus meiner ledernen Tragetasche, in der früher meine Fußballschuhe und mein Fußball war, während ich in meinem Pogba Trikot durch die Gassen zu dem nächsten Bolzplatz ging, um meinen ersten Traum nachzugehen, jeden Tag zu trainieren, um eines Tages in den tri colore aufzulaufen und das entscheidende Tor zum Sieg zu schießen ... Ich holte also eine elektrische Säge heraus und schnitt der bewusstlosen, wundervoll glänzenden Danielle ansetzend am Kehlkopf den Kopf ab, konservierte ihn einer Flüssigkeit, verschloss ihn in einem Glas und sicherte ihn in der Tragetasche.

18

Die nächsten sieben Tage schloss ich mich in unserem kleinen, nur spärlich eingerichteten Keller ein, als wollte ich eine neue Welt erschaffen.

Am Montag ging ich die schmale Kellertreppe hinunter, drehte eine neue Glühbirne in die herunterhängende Fassung, wischte die Spinnweben aus allen Ecken, säuberte den Tisch, und bereitete alles vor. Am Dienstag holte ich erstmals das Glas, in dem Danielles Kopf war, aus meiner Tasche, legte ihn wie ein Kunstwerk vor mich und säuberte jede Pore. Am Mittwoch behandelte ich die Stellen, die ich aufschneiden würde und setzte der nackten Maske den letzten Feinschliff. Am Donnerstag war es dann soweit. Ich schnitt mit einem Skalpell den Gesichtsbereich auf, und zog die schwarze Haut, wie eine getrocknete Feuchtigkeitsmaske ab und legte sie wieder in die konservierende Flüssigkeit.

Am Freitag behandelte ich die nackte Maske, mit einer Substanz, die das neue Gewand haften ließ, legte sie auf die Maske und strich sie glatt, sodass sie perfekt anlag.

Am Samstag veredelte ich sie, schliff sie von innen hauchdünn, behandelte sie mit in einer weiteren Flüssigkeit, sodass sie elastisch wurde. Abschließend versiegelte ich sie – das Meisterwerk war fortan für die Ewigkeit.

Am Sonntag tat ich nichts, als auf die Maske zu starren und mich auf die neue, wundervolle Welt zu freuen.

Mama sah ich in den sieben Tage kein einziges Mal. Ich weiß nicht mehr, ob ich ihr überhaupt erzählte, dass ich wieder zu Hause bin, denn sie fragte nicht einmal nach mir, kam nicht einmal herunter, vielleicht wusste sie aber auch was ich tat – was ich für sie tat, und ließ mich meinen Traum verwirklichen. Ich aß im Keller, arbeitete im Keller, aß wieder im Keller und schlief im Keller, bis ich im Keller aufwachte und die Routine retournierte. Sieben Tage lang.

19

Als die Maske fertig war, hatte ich nur einen Gedanken. Ich musste zu Amara. Sie musste die Maske sehen. Außerdem wollte ich, bevor ich sie Mama aufziehen konnte, sie an Amara testen. In den letzten Jahren bin ich sehr oft und jedes Mal schneller die ewig lange, sandige Hauptstraße entlang gelaufen, doch dieses Mal bin ich gelaufen, als sei eine neue Zeitrechnung angebrochen. An dem unheimlichen See bin ich so schnell vorbeigerast, dass keine Zeit dafür war, Angstgefühle zu entwickeln. An Henrique und Salvador passierend fragte ich, ob alles gut sei, worauf sie entgegneten, dass Amara besetzt wäre, doch das hörte ich voller Freude nicht und platzte in das Zimmer. Ein dicker Kunde lag auf Amara und tropfte seinen Schweiß auf ihre spiegelnde Haut. Keine Ahnung wie – aber ich hab es geschafft diesen Koloss von ihm herunterzuziehen und aus der Tür zu treten.

»Amara!«, schrie ich so pathetisch, dass nicht einmal der Superlativ von pathetisch ausreichen würde, um den Ausruf zu beschreiben. »Was?«, fragte sie leicht sauer und immer noch irritiert. Ich holte aus meinem Rucksack die Maske. Stille. Funkeln. Anmut. Frieden. Sie war begeistert. »Sie ist wunderschön«, sagte sie ruhig und bedacht und gleichzeitig mit einer wuchtigen Gewalt, dass ein seismografisches Beben durch die Tempel und Paläste Paris' ging und all den protzigen Prunk zu Boden riss und hoffnungslos zerschmetterte. »Kannst du mir auch so eine machen?«, fragte sie ohne dabei einen Blick von der Maske zu lassen. »Was?« - Ich war verwirrt. »Diese Maske … ist schöner als alles, was es auf dieser Welt gibt« - »Amara …« - »Darf ich sie aufsetzen?«, unterbrach sie mich. Ich nahm die Maske, stellte mich hinter Amara vor den Spiegel und setzte ihr die Maske aufs Gesicht. »Sie passt, dann …« - »So ist es besser«, unterbrach sie mich erneut, die neue Amara im Spiegel anstarrend. »Ich bin wunderschön. Ich war noch nie so wunderschön« - »Du bist auch so wunderschön Amara!« - »Nein, diese Amara ist wunderschön!«, zeigte sie auf den Spiegel. »Diese Amara ist alles andere!« - Sie wollte die Maske absetzen, um ihr wahres Gesicht, das Gesicht, welches versagt und ihr Leben versagt hat, zeigen, doch die heruntergelaufenen Tränen ließen die Maske für einen Moment ohne Festhalten haften, bis sie so viel lächelte, dass die Tränen trockneten und die Maske doch abfiel. Die wahre Amara war wieder da. »Alles okay?«, fragte ich. »Ja«, sagte sie wehmütig, »zeig mir, wie sie funktioniert« - Ich zeigte ihr die Ecken, mit der überlappenden Haut und erklärte, dass man sie lediglich annähen müsste, als die Tür aufplatzte.

»DU!«, schrie ein großer, bulliger, noch größerer Koloss, als der Koloss, den ich unerwartet und reflektierend hätte nie besiegen können, herein, den ich wahrscheinlich nicht einmal mit göttlicher Kraft hätte besiegen können, und dem ich anscheinend nun gegenüberstand. »Du kommst hier einfach rein und belästigst meine Kunden? Nimmst dir einfach heraus zu entscheiden, wen Amara bedienen muss? Was ist sie? Dein Mädchen? Oder ist sie mein Mädchen?« - Er machte mir ungeheure Angst und ich weiß bis heute nicht, warum ich sagte, dass sie nicht sein Mädchen, sondern eine freie Frau sei, aber Diego rastete nicht nur aus, er eskalierte völlig. Nachdem er mit dem Inventar auf mich warf, prügelte er so oft auf mich ein, wie die Gesamtheit der Prügel, die ich seit meiner Kindheit in Paris sammelte, und obwohl ich hätte Schmerz fühlen müssen, fühlte ich keinen. »Du kleiner verrückter Junge! Was machst du überhaupt hier? Welcher normale Mensch geht zu einer Prostituierten, um zu reden? Guck sie doch an, wer macht so etwas?« - Er fasste sie an, an ihren Arm, an ihre Beine, an ihre Brüste und in ihr Gesicht. Dann blickte er auf die Maske, welche auf dem Tisch lag und nahm sie in die Hand. »Was ist das denn?« - »Stopp! Nicht!« - Doch er stoppte nicht. Wahrscheinlich spürte er, wie meine Augen sich wandelten, die bei Amara schon ein Gefühl, dass sie mir unglaublich wichtig sei, zeigte, aber sich bei der Maske vertausendfachte. Diego schmiss die Maske auf den Boden und zertrat sie. Der ganze Schmerz, den ich bei der Prügel nicht spürte, spürte ich jetzt, nur stechender, nur tiefer.

20

Niedergeschlagen saß ich am Tisch.
Niedergeschlagener war ich nie. »Was ist los, Bubu?« -
Ich antwortete nicht. »So rede doch endlich mit mir!
Den ganzen Morgen sitzt du hier und redest nicht!« -
Ich schwieg weiter. »Idrissa!« - »WAS?«, ich wäre
entsetzt über meinen Wutausbruch gewesen, wenn ich
nicht so verzweifelt wäre. »Was ist? Es ist vorbei … ich
habe es nicht geschafft!« - »Die Maske?« - »Ich hatte
sie fertig. Sie war bereit. Ich war bereit. Du warst
bereit. Umsonst. Sie wurde zerstört« - »Ach, Bubu …
weißt du … das … das ist nicht alles …« - Es klingelte
an der Tür. Amara stand vor mir. »Idrissa, können wir
reden?« - »Tut mir leid, Amara. Ich kann jetzt nicht« -
»Idrissa, bitte, es ist wichtig!« - Kurz überlegte ich, ob
ich sie hereinbitte oder ob wir draußen reden sollten,
doch mir wurde klar, dass Mama bis zum Ende ihres
Lebens so aussehen würde, wie so nun einmal aussah,
also war es mir egal. »Komm herein« - »Bubu? Wer ist
das?«, schrie Mama leicht panisch aus der Küche.
»Mama, ich möchte dir jemanden vorstellen. Kannst du
kommen?« - Es dauerte einen Moment, doch dann
stand meine vollständig verschleierte Mama hinter uns.
»Und du bist das Mädchen, bei dem mein Sohn immer
ist?« - »Oui, Madame« - »Du tust ihm gut« - »Ich
glaube er hilft mir noch mehr, als ich ihm helfe« -
»Kommen Sie doch herein. Möchten Sie einen Tee?« -
Mama war überraschenderweise aufgeschlossen.

Wir tranken einen Tee zusammen und redeten, obwohl ich eher passiv da saß und zuhörte, wie die beiden sich vertraut machten, Mama irgendwann sogar von Paris erzählte und Amara verlegen zugeben musste, dass sie schon eine Menge über sie wüsste, da ich es erzählt habe. »Willst du es sehen?« - »Was?« - »Mein Gesicht« - »Nein, Madame, sie müssen sich nicht entblößen, wenn es Ihnen schmerzt« - »Es ist alles gut« - Zum ersten Mal zeigte Mama ihr wahres Gesicht – freiwillig, voll Vertrauen, nicht ausgelacht zu werden. Als sie den Schleier herunterzog, muss es sich so angefühlt haben, als habe sie nicht nur den Schleier, sondern ihre ganzen Kleider ausgezogen und stände nun völlig nackt vor einer fremden Person, doch Mamas Gesicht sagte etwas anderes – es war entspannt. Amara bekam kein Wort heraus. »Idrissa, können wir kurz reden? Draußen?« - Ich blickte zu Mama, die mir signalisierte, dass es schon in Ordnung sei und sie den Schock wahrscheinlich erst einmal verdauen müsste.

»Ich mach es!«, sagte sie entschlossen und mit tränenden Augen, welche jedoch nur aus Stolz bestanden. »Hast du mich verstanden? Ich mache es! Nimm mich!« - »Was meinst du?« - »Ich bin schuld, dass die Maske zerstört wurde!« - »Es war Diego!« - »Und weswegen kam Diego? Wegen mir!« - »Aber er kam, weil ich den Kunden heraus geschmissen habe« - »Und weswegen musstest du ihn herausschmeißen?« - »Weil ich mit dir reden musste« - »Nein, weil ich eine

Prostituierte bin, die ihr Leben in den Sand gesetzt hat!« - »Amara!« - »Nein! Ich habe die ganze Nacht darüber nachgedacht und wusste es doch schon nach einer Sekunde: Ich mache es! Ich opfere mich für deine Mutter!« - Stille. »Was macht alles andere überhaupt noch für einen Sinn? Ich habe keinen mehr!« - »Amara, bist du klar, was du da redest?« - »Du hast mein unerträgliches Leben die letzten Jahre gesehen ... so gebe ich ihm ein würdiges Ende ... so werde ich als starke Frau in deiner Mutter weiterleben ... sie hat es verdient ...« - »Amara!« - Mama stand in der Tür. Sie ging zu Amara und umschloss sie so fest in ihre Arme, als halte sie die ganze Welt. »Ich wusste von Anfang an, dass es die richtige Entscheidung ist, aber nachdem ich Ihr Gesicht gesehen habe, gibt es kein zurück mehr! Wir können nicht beide so leben, versteckend, wandelnd!« - Mama drückte Amaras Gesicht an ihre Brust. »Idrissa«, sprach sie durch Mamas Brust, durch Mamas Herz hindurch, »wenn du mich wirklich liebst, dann vollendest du das, was du angefangen hast!«

21

Draußen braute sich das stärkste Gewitter zusammen, was Andalusien je gesehen hat. Die Wolken färbten sich den Hautfarben gleichend und ließ Unmengen an Wasser schwallen.
Zu dritt gingen wir mit einer Leichtigkeit die Treppe hinunter in den Keller, als würde auf uns alle das

Paradies warten, wo jedem einzelnen der Wunsch erfüllt wird, worauf derjenige seit Jahren wartet. Ich vergewisserte mich ein letztes Mal, ob Amara wirklich bereit sei und bat sie anschließend sich auf den Tisch zu legen, holte eine Spritze und präparierte das weitere Werkzeug. »Was ist das?« - »Was?« - »Die Spritze« - »Ein Betäubungsmittel, damit du den Schmerz nicht spürst, damit du einschläfst« - »Nein!« - »Nein?« - »Ich will es spüren, will endlich wieder etwas spüren. Ich will es mitbekommen, will mitbekommen, für was ich sterbe!« - »Amara«, sprach sie Mama an, »ich werde deine edle Tat niemals vergessen!« - »Und ich werde dich nie vergessen!«, fügte ich hinzu. Amara schloss die Augen, durchbrach den Widerstand der entgegenströmenden Tränen. Mama attestierte mir, während ich Amaras Gesicht hauchdünn aufschnitt und die Haut abzog. Mit jedem kleinen Quadrat wurden ihren Augen müder, bis sie schließlich dem Leben entschlafen ist.

»Bist du bereit, Mama?« - »Ich bin bereit!« - Und sie war bereit – wie sie bereit war. Sie konnte es kaum abwarten, endlich, nach jahrelangen Verstecken freudestrahlend auf die Straße zu laufen und wie ein kleines Kind umher zu rennen. »Dann leg dich hin« - »Bubu?« - »Ja?« - »Ich liebe dich!« - »Ich liebe dich auch, Mama!« - »Ich bin so stolz auf dich! Papa wäre es auch! Keisha und Aamun wären es!« - Das Gewitter hat ihren Höhepunkt erreicht. Es donnerte so laut, dass die Wände vibrierten und die hängende Glühbirne hin und her schwang. »Wenn du aufwachst ist all dein Leid vergessen, hörst du, Mama?« - »Ich erfahre die Renaissance. Dank dir. Mein Sohn. Mein Bubu!« - Ich setzte die Spritze an. Dieses Mal legte ich die zarte, hauchdünne Hautpartie direkt auf das vorher behandelte Gesicht Mamas, statt eine Maske zu erstellen. Mit der Zeit würden sich die Hautpartikel und Poren schon verschmelzen, sodass die zweite, fremde Haut zu ihrer eigenen wird.

Nachdem Amaras faszinierendes Gesicht auf Mamas lag, ich es glatt zog, nähte ich es unterhalb der Kieferknochen fest. Das Meisterwerk war vollbracht und sah prachtvoll aus. So schön wie in diesem Moment habe ich Mama noch nie gesehen. Sie schlief zwar noch, aber ich imaginierte das Lächeln, welches sie beim Aufwachen tragen würde und brach in Tränen aus, ansatzweise so viele, wie die unzähligen, massiven Regentropfen, die so kraftvoll auf das Dach prasselten, dass sie durch die Kellerdecke zu hören waren. Ich hatte es geschafft. Mama war endlich wieder schön, so schön, wie ihr Inneres war.

Um Mama aus der Bewusstlosigkeit zu holen, rieb ich ihr ein Pulver unter die Nase, bei dem selbst ein Bär aus dem Winterschlaf gerissen würde, doch sie wachte nicht auf. Ich rüttelte an ihr, gab ihr leichte Backpfeifen, doch sie wachte nicht auf. Meine Hoffnung hielt das zurück, was ich ahnte – sie war tot. Ich goss ihr einen Eimer Wasser ins Gesicht, schlug ihr fester auf die Backe, doch sie wachte immer noch nicht auf, während sich draußen das tobende Gewitter langsam dem Ende neigte. Ich fühlte ihren Puls, der mit dem letzten einsetzenden Donner, schon längst verschwunden war. Sie war tot. Mama war tot. Ich wusste nicht … ich wusste nur … Mama ist tot. Das war es. Alles war vorbei. Sie war tot. Nicht mehr und nicht weniger. Sie war nicht mehr am Leben. Mein Inneres zerfiel zu Staub. Und während ich dort herum tanzte, zweifelnd am Leben, kreischend am flehen, schwor ich mir nur eine Sache: Rache. Anders hätte ich diesen Verlust nicht verarbeiten können. Kopflos lief ich im Kreis, die Treppe rauf und runter, um das Haus herum, die lange Hauptstraße rauf und runter, um den See herum, dessen Unheimlichkeit mir verdammt nochmal egal war, und wenn dort Mephisto herausgesprungen wäre, dann hätte ich ihn postwendend in den Boden gestampft, doch ich wusste nicht, verzweifelt wie ich war, was ich jetzt machen sollte. Rastlos und unkontrolliert, die Situation noch gar nicht gefasst, lief ich umher, als bewege ich mich in einem endlosen weißen Raum, bis ich zu mir kam.

22

Ich saß in einer kleinen, alten Kapelle. Anscheinend war das im Unterbewusstsein meine einzige Fluchtstelle, der einzige Ausweg aus dem Wahn, wahrscheinlich dem Glauben geschuldet, der mir in meiner Kindheit viel Kraft spendete. Ohne, dass ich selber darüber entscheiden konnte, sprach ich zu Gott, betete zu Gott und bat Gott um Verzeihung. Rückblickend befand ich mich in der puren Verzweiflung, die ich ohne göttliche Hilfe nicht überlebt hätte und daran gab es nur eine Person, die Schuld hatte: Dupont!

Wahrscheinlich stand mir Gott die gesamte Zeit über an der Seite, auch wenn ich es nicht bemerkte, aber als ich nach etlichen Jahren Abstinenz diese Kapelle betrat, füllte sich mein Herz mit Wärme respektive taute langsam das, mit Mamas Tod erfrorene Herz, auf. Und trotz jener Abstinenz fühlte ich mich mit offenen Armen empfangen, die Leere die aufriss, sofort füllend.

23

Ich weiß nicht, ob ich wegtrat oder mit offenen Augen träumte, aber ich sah Papa gegen Dupont tjostieren, jedoch ohne Rüstung, dafür aber mit spitzen, statt abgestumpften Lanzen. Je näher sie sich kamen, desto klarer sah ich mich auf dem Pferd, auf dem gerade noch Papa saß.

Ich wählte Hugos Nummer, der einzige Mensch, den ich kannte, der persönlichen Kontakt zu Dupont hatte. Dann klaute ich ein Auto, packte es voller Waffen, legte unser Schrotgewehr in den Kofferraum und fuhr für das letzte Mal nach Paris, mit der Maske auf, die mir die

Stadt aufsetzte. Wenn ich schon sterben würde, dann wenigstens als Letzter. Bald würde es Blut rauchen.

III
PARIS, 2034

1

Ich fuhr mit einem einzigen Ziel durch das Pariser Stadttor. Einem orgiastischen Ziel. In wenigen Stunden sollte alles enden. Endlich. Es gab kein Zurück mehr. Und das durfte es auch nicht. Ich wollte ihre Augen sehen, wenn sie … bevor ich den Gedanken zu Ende bringen konnte, ertönte hinter mir eine Sirene. Im Rückspiegel blaues Licht. Verdammt. Der Kofferraum. Ich hielt an und kurbelte die Fensterscheibe herunter. Der Polizist kam näher. Mit jedem Meter und dadurch besseren Blickes in den Seitenspiegel, in dem mein schwarzes Gesicht zu sehen war, wurde er nervöser, bis seine Hand nicht mehr auf seiner Waffe lag, sondern sie gezogen in der Hand hielt.

»Aussteigen!« - »Ganz ruhig«, wollte ich ihn besänftigen. »Keine Spielchen! Aussteigen!« - »Schon gut, schon gut« - Ich stieg aus. »Ausweis! Führerschein!« - Ich holte die geforderten Dokumente aus meinem Portemonnaie. »Azikiwe«, überlegte er. »Der Name kommt mir bekannt vor!« - »Möglich« - »Kofferraum! Öffnen!« - Ich öffnete. »Was zum Teufel?«, starrte er. »Was hat das zu bedeuten?« - Er blickte auf 100 Bibeln. Darunter war das Schrotgewehr. »Ich bin im Auftrag Gottes«, sagte ich, versuchte dabei zu lachen, als sei es irrwitzig und hoffte, dass er mich für einen harmlosen gläubigen Mann hielt. »Sind Sie Priester oder so etwas?«, fragte er neugierig. »So etwas in der Art« - »Monsieur Azikiwe?« - »Ja?« - »Fahren Sie weiter!«

Bevor ich auf dem Parkplatz des Hotels hielt, in dem alles enden sollte, fuhr ich in meine alte Straße. Ich hatte keine Ahnung, wer jetzt in dieser Gegend wohnte, doch das Tor war offen und ich konnte in den Innenhof blicken. Ich stieg aus. Meine Beine wurden schwerer und schwerer, bis ich doch an dem schönsten und grausamsten Punkt in ganz Paris, ganz Frankreich, ganz Europa, der ganzen Welt, stand. Hier hat alles angefangen. Würde das Auto noch immer brennen, hätte ich es mit meinen Tränen gelöscht, könnte ich noch weinen, doch dieses Feuer hat all meine Reserven verdunsten lassen.

Nicht mehr lange. Ich betrat das Hotelzimmer, nahm aus meiner Tasche eine Schallplatte und legte sie auf den Spieler. Der Teller drehte sich schon, ich musste nur noch die Nadel aufsetzen. Das sanfte Kratzen. Kurze Stille. Und die Trompete. Frieden. Der Druck auf der Brust verschwand. Wie immer. Dann klopfte es an der Tür. Dupont. *C'est le moment, qu'on change.*

2
Hotelzimmer 303

Ich blicke in den Spiegel. Und sehe nichts. Ich sehe mich. Einen Verlierer. Der gewonnen hat. In meiner pechschwarzen Haut spiegelt sich Grausames. Doch ich sehe es schon lange nicht mehr. Ich sehe nur mich. Und sehe nichts. Nichts Gutes. Nichts Schlechtes. Nichts. Ich bin leer.

Hinter mir Körper. Tote Körper. Morel. Inés. Perrin. Seine Frau. Und sein Junge. Amara. Mama. Papa. Keisha. Aamun. Die ganze Stadt ist voller toter, blutender und ungerechter Leichen. Und dann liegt da noch diese wunderschöne Frau. Auch tot. Dupont.

In wenigen Sekunden ist das ganze Zimmer mit meinem Blut überströmt. Die Tapeten mit meinem Blut tapeziert. Der Teppich von meinem Blut vollgesogen. Die Stadt von meinem Blut gezeichnet. Das ist die logische Konsequenz. Es gibt keinen Sinn mehr zu leben. Es ist getan. Es ist Schluss. Ich hoffe für immer. Gott? Ich habe meinen Dienst erfüllt. Der einzige Grund, warum ich auf dieser Welt bin. Bitte habe Erbarmen, mein Herr. Doch ich bereue nichts. Nichts war umsonst. Du bist mein Zeuge. Mein Schicksal. Deine Hand.

Die Schrotpatrone fällt mit einer sanften Wucht auf den

Teppichboden, der durch die Hitze einen Feuerkreis entfacht. Mein Körper sackt zusammen und fällt zu Boden. Er landet weich und sanft. Mit meinem Tod wird niemand mehr lebendig, doch das spielt auch keine Rolle. Je weiter ich aufsteige, desto schneller rutscht diese scheußliche Maske von meinem Gesicht, bis sie im Feuerkreis verbrennt.

3

Ein paar Stunden später sitzt Jacques vor dem Fernseher, als das Programm durch eine Sondersendung unterbrochen wird. Ein leeres Rednerpult, mehrere Journalisten und Sicherheitspersonal ist zu sehen. Dann tritt die wunderschöne Frau, die jetzt noch um ein Tausendfaches wunderschöner ist, hervor. Sie hält eine Bibel in der Hand und richtet das Wort an alle Franzosen, die vor einem Fernseher saßen, und das waren zu dieser Uhrzeit nicht wenige.

»Liebe Mitbürger und Mitbürgerinnen. Ich unterbreche ihren Abend nur ungerne, doch ich habe etwas wichtiges zu sagen.

Ich habe heute einen Menschen getroffen, der mich nicht nur inspiriert hat, sondern auch schon jetzt, nach wenigen Stunden, mein Leben veränderte. Sie können sich an einen Mann namens Zinédine Azikiwe erinnern, der sein Leben lang kämpfte und dem am Ende Unrecht widerfahren ist. Heute habe ich seinen Sohn getroffen.

Sein Junge, der aus Paris geflohen ist, sich mehrere Jahre versteckt hat, aus Angst, vor Hass, vor Rache – ich lernte ihn kennen.

Vor wenigen Minuten erst erfuhr ich, dass der Sohn des, von der schwarzen Gemeinde verehrten, Menschenrechtlers tot aufgefunden wurde. Er erschoss sich mit einem Schrotgewehr. Durch den Kopf. In weniger als einer Sekunde starb er. Die Polizei fand ihn auf einem Berg von Bibeln liegen. 99 an der Zahl. Und wissen Sie was? *(kurze Pause)* Ich habe die 100. *(hält die Bibel in die Luft)* Sie sollten sich alle so eine Bibel besorgen *(ihr kommen die Tränen, ihre Stimme fängt für einen kurzen Moment an zu zittern).* Dieser junge Mann hat etwas bewirkt. Und wenn er nur etwas in mir bewirkt hat, so hoffe ich, dass ich Sie davon überzeugen kann, dass vieles, wenn gar alles, was ich tat, falsch war. Er hat mich zur Besinnung gebracht. Und jetzt möchte ich Sie zur Besinnung bringen. Das geht nicht nur an Sie, die Pariser, sondern an alle Menschen in Frankreich, an alle Nationen der Welt. Hass macht nicht glücklich. Hass macht nicht zufrieden. Hass verursacht nur noch mehr Hass. Einmal angefangen, wird es schwer aufzuhören.

Ich bin persönlich dafür verantwortlich, dass dieser junge Mann jetzt tot ist. Doch Idrissa Azikiwe ist nur einer von vielen. Egal was ich tue, es reicht nicht. Deswegen bleibt mir nichts weiter übrig, als Sie noch einmal zu bitten, Liebe statt Hass in ihr Herz zu lassen, Gott um Vergebung für meine schweren Fehler zu bitten und von dem Amt als Präsidentin Frankreichs zurückzutreten. Dieses Land verdient etwas besseres. Setzen Sie ein Zeichen gegen den Hass!

Meine letzte Amtshandlung ist, dass ich Idrissa Azikiwe und seinen Vater Zinédine Azikiwe in die Ehrenlegion aufnehme!«

4

Jacques springt vom Sofa auf, rennt zum Telefon und wählt die Nummer seiner Freunde. »Ja, jetzt! Nimm deine Sprühdosen mit!«

Jacques und zwei Freunde gehen mit Sprühdosen in der Hand zu Idrissas Haus. Auf dem Weg sehen sie überall Schwarze, die etwas an die Wände sprühen. *Azikiwe. Danke. Retter. Gerechtigkeit. Zinédine. Idrissa.*

Das Tor zum Innenhof ist geschlossen. Ein paar Schwarze haben ein Portrait Idrissas in leuchtenden Farben an das Tor gesprüht. Als sie die drei weißen jungen Männer sehen, gehen sie auf den gegenüberliegenden Bordstein, um sich in Sicherheit zu wiegen.

Jacques hält vor dem Tor und schaut in die Augen seines ehemaligen Freundes. Er legt seine Hand auf die gemalten Lippen und stützt sich, den Kopf auf den Boden gesenkt, ab. Jacques scheint Idrissa dabei nicht in die Augen schauen zu können. »Manchmal zählt nicht, wie oft man etwas sagt, sondern was man sagt, mon frère. Ich wusste, du schaffst es!«

Dann sprüht er etwas unter das Portrait und geht. Die
Schwarzen schauen, was dort steht.

FRIEDEN.

Sie umarmen sich.

FINIS.

Ich freue mich über jedes Feedback, Anregungen und Kritik.

Wenn euch der Roman gefällt, empfehlt ihn weiter!

Über jeden einzelnen Leser freue ich mich!

Auf meinem Schreibtisch liegen noch viele weitere Werke, die veröffentlicht werden wollen.

s.nordmann@hotmail.com

DANKE!

Danke, dass Sie bis hierhin gelesen haben.
Das bedeutet mir viel!

Sebastian Nordmann

<u>Weitere Werke</u>:

1 Roman
1 Novelle
1 Drama
4 Erzählungen
2 Märchen
6 Gedichte

Bis bald!